世界文学名著名译典藏

全译插图本

金 银 岛

〔英〕史蒂文森◎著　张贯之◎译

TREASURE ISLAND

长江出版传媒　长江文艺出版社

图书在版编目（ＣＩＰ）数据

金银岛 / （英）史蒂文森著；张贯之译. -- 武汉：
长江文艺出版社，2018.5
　（世界文学名著名译典藏）
　ISBN 978-7-5702-0222-5

　Ⅰ. ①金… Ⅱ. ①史… ②张… Ⅲ. ①长篇小说－英
国－近代 Ⅳ. ①I561.44

中国版本图书馆 CIP 数据核字(2018)第 031555 号

责任编辑：刘兰青　　　　　　　　　责任校对：陈　琪
封面设计：格林图书　　　　　　　　责任印制：邱　莉　胡丽平

出版：长江出版传媒｜长江文艺出版社

地址：武汉市雄楚大街 268 号　　　　邮编：430070
发行：长江文艺出版社
电话：027—87679360
http://www.cjlap.com
印刷：中印南方印刷有限公司

开本：880 毫米×1230 毫米　　1/32　　　印张：7.125　插页：4 页
版次：2018 年 5 月第 1 版　　　　　2018 年 5 月第 1 次印刷
字数：168 千字

定价：29.00 元

译本序

    史蒂文森是英国新浪漫主义文学的奠基者和最杰出的代表之一，一生著述十分丰富，有诗篇，也有小说。他以小说闻名于世，《金银岛》《诱拐》《化身博士》《孩子诗的乐园》和《新天方夜谭》是最受读者欢迎的作品。史蒂文森 1880 年开始构思《金银岛》，并于 1883 年出版。故事一经发表，立即被誉为"儿童冒险故事的最佳作品"，史蒂文森也因此一举成名。

    《金银岛》不仅是史蒂文森的成名作，也是他全部文学遗产中流传最广的代表作。这部脉络清晰、波澜迭起的海上历险、探宝小说，堪称整个西方文学传统中最著名的海岛冒险故事。书中的小主人公吉姆，在父亲的客栈里遭遇一名性格古怪的水手，水手不幸身亡，他在水手的皮箱里发现了金银岛的藏宝图。有钱的乡绅特里劳尼买了一艘名叫希斯帕诺拉号的大帆船，和李沃西医生一起，带着小吉姆到茫茫大海的一个荒岛上去寻宝。以西尔弗为首的一批海盗装扮成水手混上了希斯帕诺拉号，一场血腥屠杀正在悄悄酝酿之中，这是谁也没有料到的，巧的是机警而大胆的吉姆躲藏在苹果桶里听到了海盗们的阴谋诡计，他万万没有想到表面上温和、待人和善的厨师——西尔弗就是这次密谋的头目。吉姆把听来的密谋立即告诉了乡绅、大夫和船长，一场寻宝者与海盗之间的生死搏斗从此拉开了序幕。小吉姆离开大船遇到了被流放在岛上三年的野人本·冈恩，为后来的顺利找到宝藏打下了基础；他割断绳索，杀死了留在船上看守的海盗，把希斯帕诺拉号开到了无人能看见的地方，使海盗们陷于绝境；他夜回故地，不幸落入敌手，成了人质，但他力挽狂澜，扭转了被动的局面……整个历险过程险象环生，但吉姆凭着自己的机智勇敢一次次逃离了险境。在整个故事情节的叙述中除了惊人心魄的血腥屠杀，还处处有爱心的不断闪现，比如大夫在和海盗为敌的情况下依然为海盗们治病，履行着自己作为医生的神圣使命和职责，等等。

目录

Contents

第一部　老海盗

"本葆将军"客栈的老海员

乡绅特里劳尼、李沃西大夫和其他几位绅士让我把金银岛的全部详情记录下来。但是不要公开该岛的具体位置，因为那里还有埋藏的宝物，以防被人挖掘。现在是公元一千七百ＸＸ年，我拿起笔似乎又回到我父亲经营的客栈名为"本葆将军"那个年代。当年，那位皮肤黝黑，脸上有一道伤疤的老海员就下榻在我父亲的客栈里。

老海员身材高大，体格健壮，他投宿我父亲客栈的情景至今记忆犹新，简直像是刚刚发生的事情。我记得他步履艰难地走到客栈门口，身后跟着一个仆人，仆人推着一辆装着海员手提箱的小车子。老海员的皮肤呈栗壳色，满是油污的辫子垂挂在脏兮兮的蓝外套肩上，他的双手不但粗糙，而且伤痕累累，黑色的指甲缺损断裂，他的一侧脸颊上留下的伤疤十分醒目。我记得他独自吹着口哨，把客栈四周扫视了一番，然后拉开嗓子唱起一支他后来经常唱的古老的水手歌谣：十五个人争夺死人箱——唷呵呵，快来尝一瓶朗姆酒。他唱歌时的声音高而不稳，略带颤抖，像是水手在转动纹盘时高声呼号而叫破了嗓子。接着他用随身携带的一根木棒似的手杖重重地敲门，我父亲出来应门之后，他便粗声粗气地要喝一杯朗姆酒。

酒端上来后，他便慢条斯理地啜着，像一位品酒师在细细品尝。他一边喝酒，一边向四周张望，又抬头看看客栈的招牌。

"这地方不错，挺方便，客栈的位置也很好。最近生意好吗?"他终于开口说道。

我父亲告诉他，近来生意清淡，很少有客人。

"那正好，"他说，"我就住这里。喂，伙计!"他对推车的仆人说道，"就停这里，把箱子搬下来，我要在此暂住几天。"他继续对我父亲说，"我这人不讲究，很随意，每天只要一杯朗姆酒、熏猪肉和几个鸡蛋，还有在空闲时喜欢站在高处遥望过往的船只。你就称呼我船长得了。喔，我明白你的意思，你想要钱吗?"他扔下三四枚金币，"这点钱用完后，再向我要。"他威风凛凛，声色俱厉的讲话语气酷似一位长官。

他穿着简单，讲话粗鲁，看上去肯定不像普通水手，更像船上的大副或船长，惯于发号施令，或动手打人。从跟随的仆人处得知，他昨天上午乘邮车到达"乔治王国"旅馆，在那里询问海边的客店，大概听人介绍我们店的环境幽静，信誉很好，于是就选定住在我们店里。关于这位客人的来历，我们所知道的只有这么多。

他是个沉默的人，整天带着一架铜制望远镜在海湾走来走去，或是攀登峭壁望远。晚上，他总是坐在客厅一角的壁炉边，喝着掺水的朗姆酒。他只在喝醉时才和别人说话，否则偶尔抬起头，狠狠地瞪对方一眼，发出类似船在雾中鸣号的声音。我们以及来我们客店的人渐渐地了解了他的性格，任他自由为妙，避免和他在一起了。每天散步回来，他总要打听有无水手路过此地。起初，我们认为他是在寻找同伴，但最后才知晓另有原因，他是想有意避开这些水手。当有水手投宿"本葆将军"客栈时——这是常见现象，因为宿客可以沿海边大路到达英国西海岸（布里斯托尔），他总是躲在门帘后窥视一番，然后才走进客厅。每当遇到这种情形，他总是噤若寒蝉。

至少我是了解其中的缘故，因为在某种程度上，我分享了他的恐惧。有一天他把我约到一个无人的地方，答应在每月的一号给我一枚四便士的银币，条件是我得时刻留意一个"独腿水手"，只要此人一出现，就立即报告他。经常到了月初我去向他索要报酬时，他总是把鼻子冲着我，发出不悦的呜呜声，并且眼神凶狠使我不得不跑走。可是不出一个星期，他又很快改变态度，把那四便士银币交到我手中，千叮万嘱，要我留心那个"独腿水手"。

从此，我经常梦到那个"独腿水手"，搅得我心灵不安。每当狂风暴雨之夜，大风刮动着房屋的四周，小湾里惊涛冲击着峭壁，我眼前就会浮现那人不断变幻着的狰狞面目。有时候我看到他缺了半条腿；有时候他缺了整条腿；有时候又变成了一个要么没有腿、要么在身体中部长着一条腿的怪物。我做的最可怕的梦就是看见他连跑带跳越过篱笆沟渠追我。总之，为了得到每月四便士的银币，这些可恶的梦魇使我付出了代价。

尽管我一想到那个"独腿水手"就心惊肉跳，但对船长本人并不害怕，不像认识他的人那样畏惧他。有几个晚上，他饮酒过多，头脑不清，在酒店里旁若无人地高唱粗俗狂放的水手歌谣。他不时吩咐在场的人饮酒，强迫他们听他讲故事，或者跟他一起合唱，所有在场的人战战兢兢，小心地应和着。

十五个人争夺死人箱——
唷呵呵，快快尝一瓶朗姆酒（用甘蔗汁酿造的一种甜酒）！

我时常听到"唷呵呵，朗姆酒一瓶，快来尝"的吼声震得房子发抖。大家见了他十分害怕，所以都尽力地加入合唱，每个人都想唱得比别人响，以免挨骂。他在发酒疯时完全就像一个恶霸，猛敲桌子喝令大家肃静，要是有人提问题，他会立即加以制止，要是无人提问，他又认为大家注意力不集中，继而大发脾气。他在讲故事期间不容许任何人走出客店门，直到他醉得昏昏沉沉，趔趄着走回房休息之后，客人们才可以离开。

他讲的故事十分恐怖，使大伙毛骨悚然，内容都是关于绞刑、走跳板、海上风暴、德赖托图加斯珊瑚礁、加勒比海的海盗及他们的巢穴之类。据他自己所述，他曾在海上与那些世上最凶恶的亡命之徒生活过很久时间。他讲故事时所应用的语句使我们这些朴实的乡下人感到震惊，如同他描述的罪行一样让我们惊慌不止。我父亲常抱怨道：长此下去无人会乐意光顾这里，客店的营业因而受损。甚至有些客人回家睡觉时还会在床上浑身发抖。但我相信，他住在这里对我们有好处。虽然当时大家十分受惊，吓得魂飞魄散，但过后回想起来，还是很有意思。他的到来打破了乡村平淡的生活，甚至我们一群年轻人非常钦佩他，称他为"真正的老水手""不含糊的老海员"等，英国正是依靠这种人才得以称霸海上。

从某方面来讲，他长期住下去很可能使我们破产。他住了一周又一周，一月又一月，预付的房费早就到期了，而我父亲毫无勇气向他索要。只要父亲一提此事，船长就会发出雷鸣般的鼻声，像在咆哮，并且瞪着我那可怜的父亲，使得他不得不退出房间。我常见到父亲在碰"鼻"之后扭绞着自己双手的无奈的狼狈相。我确信这种敢怒而不敢言的压抑心情大大加速了他不幸的早逝。

自从他住在我客店里，从小贩那儿买过几双袜子外，他始终没有换过衣服。他帽子的一道卷边倒挂，任它悬挂着，虽然遇到刮风时极为不便。我记得他的外衣破旧不堪，补了又补，到最后全是补丁。他从不写信，也没有收到过信。他从不与人交谈，即使偶尔与店里的熟客摆谈几句，那也多在他喝醉了朗姆酒之后。至于那只大皮箱，我们谁也没有见他打开过。

他只有一次遇到了对手，那是我父亲生病的时候。一天下午，李沃西大夫给我父亲看完病后，天色渐晚，就在我家吃了一顿便饭。饭后，他去客厅里抽一斗烟，等候他的马从村里牵来，因为我们客店当时没有马房。我跟随大夫进入大厅，记得当时的情景：大夫衣着整洁，举止得体，两眼炯炯有神，而我们乡下人则显得十分普通，尤其是那个衣衫褴褛、不爱干净、看似稻草人的船长，由于饮酒过度，蒙蒙眬眬地趴在桌子上。他和大夫形成鲜明的对比。忽然，他又扯开喉咙唱起那支水手歌谣老调：

> 十五个人争夺死人箱——
> 唷呵呵，朗姆酒一瓶，快来尝！
> 其余的都被酒和魔鬼断送了命——
> 唷呵呵，朗姆酒一瓶，快来尝！

最初我猜想"死人箱"可能是放在前楼他那间屋里的大箱子，这只皮箱和独腿水手经常浮现在我的噩梦中。不过，我们在这时已经不太留意船长的歌谣，只有李沃西大夫是首次听到。我看得出他对此毫无兴趣，生气地抬头向船长看了一眼，然后继续同花匠匹泰勒谈医治风湿病的新方法。当时船长唱劲十足，最后拍了一下面前的桌子，大家都明白那是叫人静下来。谈话声戛然而止，只有李沃西大夫依旧口齿清楚、语调亲切地继续说话，每吐几个字就轻快地吸一口烟。船长又恶狠狠地瞪了他一眼，又猛拍桌子，最后夹着一句下流的诅咒喊道："那边的人听着，不许讲话！"

"先生，你是在对我讲话吗？"大夫问道。船长说正是，同时又咒骂几句。"我给你一句忠告，"大夫说道，"如果继续酗酒，你很快就会死的，世上不久就会减少一个十足的混蛋！"

船长听后怒不可遏，一跃而起，掏出一把水手用的折叠刀，把它打开后平放在手掌中，威胁着要用飞刀把大夫钉在墙上。

大夫镇定自若。他像刚才一样侧过头来，用同样的语气对船长讲话，声音响亮，房间里人人都能听见。大夫极其镇静而坚决地说：

"如果你不把刀马上收回口袋里，我发誓要在下一次巡回审判时一定送你上绞架。"

接着，两人怒目而视，展开了一场目光对峙战，但船长很快败下。他收起刀子，像一条挨了打的狗，嘴里喃喃骂着，重新回到自己的座位上。

"先生，"大夫继续说，"既然我知道我管辖的区域有你这样的人存在，从此以后，我会日夜监视你。我不只是医生，我还是本地区的法官，所以你放规矩点。如果有半句抱怨你的话传到我的耳朵里，哪怕只是类似刚才那样的无礼行为，我将采取有效措施，把你抓起来，然后驱逐出本地，其他的我不想多说。"

不久，李沃西医生的马到了门口，他骑马离去。当晚，船长没有吭声，变得安静多了。在此后的好几个晚上，他不再喧闹了，客店一片清静。

黑狗的出现和消失

不久，发生了一系列神秘古怪的事件。这些怪事终于使我们摆脱了那位脾气暴躁的船长，但并没有摆脱他带来的麻烦。那年冬天格外的寒冷，寒风刺骨，霜雪经久不化，一片凄凉。我那久卧病床的父亲，恐怕难以活到来年的春天了。从一开始就显得十分清楚。他的病情每况愈下，我和母亲只好把店里的全部事情承包下来，十分繁忙，因而无暇顾及那位不受欢迎的客人。

在一个寒风凛冽，滴水成冰的一个清晨，小湾在严霜的覆盖下一片灰白，水波轻柔地拍打着沿岸的石头。太阳日渐升起，刚碰到山顶，远远地照射着海面。这天船长起得比平日早，他腋下夹着铜制望远镜，头上歪戴着一顶帽子。一把水手用的弯刀在蓝色旧外套下左右晃荡。我记得他一路走，一路大口喘气，从口中吐出的气体像烟雾似的在他身边缭绕。当他最后转身走向一块巨大的岩石之时，我还能听清从他鼻子里发出的阵阵怨恨的呼哧声，好像因遭到李沃西大夫的训斥而耿耿于怀。

我母亲在楼上陪伴父亲，我在楼下正准备着船长回来要吃的早餐。突然，客厅的门被推开，走进一个陌生人，我以前从未见过，此人面色苍白，左手缺两个指头，腰间佩挂弯刀，看上去并不凶狠。我时刻注意发现"独腿"或"双腿"的水手，而这个人当时却使我难以作出判断。他的外表不像水手，但却有几分水手的气质。

我问他需要什么帮助，他说他想喝一杯朗姆酒。正当我离开去取酒时，他在一张桌子前坐下，把我叫回去。我只好手拿餐巾原地站着不动。

"过来，孩子，"他招呼道，"再靠近点。"

我向他那个方向跨近一步。

"这桌上的早餐是不是为我的同伴比尔准备的？"他睨视着眼睛问道。

我告诉他，我不认识他的朋友比尔，早餐是为住在我们客店的客人准备的，大家都叫他船长。

"对，你们可以叫他船长，因为他很像船长，"他说。"他脸上有一个刀疤，酒醉时很讨人喜欢。我的同伴比尔就是这样的人。我可以和你打赌，你那位船长脸上也有刀疤，而且是在右脸上，难道你不相信吗？现在我的朋友是不是在他的房间里？"

我告诉他，船长出去散步了。

"上哪儿，孩子？他走的是哪条路？"

我指向岩石的方向告诉他，船长大概什么时候能回。我一一回答了他另外提出的几个问题。"啊，"他说，"待会儿比尔回来见到我，自然会像看到好酒一样喜出望外。"

当他讲此话时，脸上的表情并不愉快，而我认为，即使他的话不假，但这位陌生的客人的估计是错误的。反正这事与我无关，再说更不知道如何办，我不必多想。这位陌生人总是徘徊在客厅门口，眼睛盯着拐角，像猫儿守候老鼠似的。有一次我走出店门来到大路上，他立即把我叫回去。大概是我服从命令欠利索，他惨白的脸上旋即露出凶相，喝令我马上进屋，并骂了一句脏话。当我回到房间后，他又恢复先前那种半哄半讽的态度，拍拍我的肩膀，说我是个好孩子，他非常喜欢我。"我有一个儿子，"他说，"长得和你一模一样，他是我的心肝宝贝。但男孩子最重要的是服从命令，遵守纪律。孩子，你一定要服从纪律。如果你和比尔一起出过海，你就不会站在那里让人家吩咐第二次命令，绝对不允许这种现象。比尔做事向来果断，和他一同出过海的人都知道。瞧，果然是我的朋友比尔回来了，他腋窝下夹着望远镜。这肯定是他，愿上帝保佑这老头！孩子，我们快回客厅，躲在门后，给他一个惊喜，令他出其不意，但愿不会惊吓他。"

说着，那陌生人就和我一起回到客厅，他让我站在他背后，躲在门角落里，以便开门时我们都被遮挡住。看到这种状况，我很不舒服，心里害怕；当我瞧到陌生人也是一脸惊恐状时，心中更加忐忑不安。只见他试了试弯刀的刀柄，从刀鞘里抽出利刃，然后又放回去。我们在门后等待的时候，他好像一直想吞下卡在喉咙里的东西。

船长终于迈步进屋，砰的一声关上门，也不环顾左右两边，径直穿过客厅走到我给他准备好早餐的那张桌子。

"比尔，"陌生人高声招呼道，听声音我猜想他在给自己壮胆。

船长闻声急忙转过身子，他褐色的脸一下变得灰白，连鼻子也变青了，其神态好像是遇见了妖魔鬼怪或比这更可怕的东西——如果世上可能有的话。说真的，看到他在一瞬间变得那样衰老虚弱，我真感到难过。

"啊，比尔，你认出我啦，你一定忘不了你的老伙伴。"陌生人说。

船长一时喘不过气来。

"你是黑狗！"船长大声叫道。

"还能是谁？"陌生人答道。此时，他显得十分轻松。"正是当年的黑狗，特地前来看望住在'本葆将军'客店的老船友比尔来了。啊，比尔，自从我失去两个手指后，咱俩都经历了很多事情。"他一边说着一边举起那只残废的手。

"没说的，"船长说，"既然你找到了我，我现在住在这儿，说吧，你要怎么样？"

"你还是那脾气，比尔，"黑狗回答道，"你说得有理，比尔。这样吧，先让这位可爱的孩子给我端上一杯朗姆酒。你要是愿意的话，咱们坐下来，像老船友那样直截了当地谈一谈。"

当我端上朗姆酒，他们已经面对面地坐在餐桌两边。黑狗坐在靠门的一边，这样他既可以注视船长的举动又可以随时夺路而逃，我想大概如此。

黑狗叫我走开并将门大敞开着，"这样做是不让你从门锁孔中偷看。"他说。于是我离开他们，回到酒柜的后面。

尽管我竖起耳朵，留神偷听，但在很长的时间里，除了一阵窃窃私语声，我什么也没有听见。后来，两人的声音渐渐提高，我才听出只言片语。不过大多是船长骂人的话。

"不，不，不；不要说了！"船长叫嚷道。接着他又说，"如果要死，大家一起死，这就是我的意见。"

不一会儿，突然爆发出一连串可怕的咒骂声和其他的响声：椅子、桌子一下被掀翻了，继而是钢刀的撞击声。随着一声痛苦的惨叫声，我看见黑狗左肩膀流淌着鲜血，拼命地冲出屋里，船长紧紧追赶，两人手里都握着刀。追到门口，船长使尽力量，举起刀对准黑狗猛地砍去，要不是"本葆将军"店的大招牌挡住，黑狗的脊梁骨早被劈断。直到今天，那刀痕仍留在招牌下端，清晰可见。

一场恶战就以这样一击告终。黑狗虽身负重伤，但一出客店跑到大路上，却跑得出奇地快，没过半分钟就消失在山背后。船长却像发了疯似的直瞪着那个招牌，怨气十足。过了好久，他揉了揉眼睛，悻悻地回到屋里。

"吉姆，"他吩咐道，"快拿朗姆酒。"他说话时身子摇晃了一下，刚好一只手撑在墙上。

"你受伤了吗？"我急切地问他。

"拿酒来，"他再次吩咐道。"我不行了，酒！快拿朗姆酒！"

我急忙跑去取酒，可是被刚才发生的一切吓慌了手脚，结果打破了一只杯子，撞到酒龙头上。我还未来得及站稳，就听到客厅里的巨响声，急忙跑过去，只见船长直挺挺倒在地上。这时，被叫喊声、打斗声惊动的母亲也从楼上跑下来，给我帮忙。我们母子俩尽力扶起他的头，他的呼吸很响，很吃力，双眼紧闭，脸色可怕。

"天哪，该怎么办？"我母亲叫道，"发生在我们店里，真是不幸！你那虚弱的父亲又帮不上忙！"

当时我们真不知道该怎样抢救船长，也不知他得了什么病，只以为他在同陌生人的搏斗中受了致命伤。我拿来酒，试着灌进他嘴里，但他牙齿紧闭，牙关咬得紧紧的，似生铁一般坚硬。碰巧李沃西大夫正好前来看我父亲的病，我们这才有了救星，松了一口气。

"哎，大夫，"我们叫道，"该怎么办呢？他伤在什么地方？"

"伤？他连皮都没有擦破一块！"大夫说，"他跟你我一样，什么伤也没有。这家伙是中风了，我早就警告过他。霍金斯太太，你还是上楼去照顾你丈夫，最好不告诉他此事。我将尽力挽救这条毫无价值的生命。吉姆，你去给我拿个水盆来。"

当我拿着水盆回来时，大夫已将船长的衣袖撕开，露出他健壮的手臂。他前臂上有好几处刺着端正清晰的文字，如"鸿运高照""一帆风顺""比尔·蓬斯的珍爱"。近肩头处刺着一幅绞架图，上面吊着一个正受绞刑的人。我认为刺这图案的人手艺十分出色。

"这可是一种预兆，"大夫指着图案说，"比尔·蓬斯先生，如果这是你的名字的话，现在我们可要看看你的血液是什么颜色的。吉姆,"大夫问道,"你怕不怕见血?"

我回答道:"不怕。"

"好,"他说,"那你就拿着水盆。"说完,他取出一把小刀,划开船长的一条静脉血管。

在流了许多血之后,船长才睁开眼睛,迷迷糊糊地张望四周。他首先认出大夫,眉头立即紧皱,后来他看到了我,似乎放心了些。但不一会,他的脸色突变,一边嚷着,一边想支撑起来——

"黑狗在哪里?"

"这里没有黑狗,"大夫说,"除了你自己背上那一条黑狗(意即闷闷不乐),你没有戒酒,所以中风了,完全符合我上次对你的警告。刚才我违背了自己的意愿,把你从坟墓里拖了出来。现在,蓬斯先生——"

"我不是蓬斯。"他插了一句。

"不管叫什么名字,"大夫说,"我认识一个叫蓬斯的海盗,就用他来称呼你,这样省事。我要告诉你:一杯朗姆酒不至于送命,但你喝了第一杯,就一定会喝第二杯、第三杯。我敢打赌,如果你不戒酒,将必死无疑,你听懂了吗?就像《圣经》上讲的,回到你来的地方去。来,用劲站起来,我扶你到床上去,希望不要再这样了。"

我们费劲地扶船长上楼,让他躺卧在床上。他的头倒在枕头上,看上去像失去知觉似的。

"我再次忠告你,"大夫说,"朗姆酒对你来说就是死亡之酒。"

语毕,他挽着我的手臂,一同去看望我父亲。

"现在不用担心,"他一出房门就对我说,"我给他放了不少血,他得安静一会儿,至少在床上躺一个星期。这对你对他都有好处,但一旦再次中风,就无药可治了。"

黑　券

大约中午时分，我送了一些清凉饮料和药到船长房间去，他仍像我们离开他时那样躺着，只是身体抬高了些。他看上去虚弱，情绪不稳定。

"吉姆"，他说，"你是这里我唯一相信的人，你知道我一直待你好，每月付给你四便士银币。老弟，现在你瞧，我身体垮了，身边又没有亲人照顾。吉姆，我求你去给我倒一小杯朗姆酒，行吗？我的小老弟。"

"可大夫说——"我刚开口就被他打断了。

他用微弱而发自内心的声音诅骂大夫。"大夫全部都是笨蛋，"他说，"你那位大夫根本不了解水手的生活。我到过十分炎热的地方，犹如滚烫的沥青，在那里水手们得了黄热病纷纷死去；我还到过地震多发地，地震时陆地就像海浪一样上下翻腾，你那位大夫去过这样的地方吗？老实告诉你，我是靠朗姆酒而活命的，这东西对我犹如阳光空气，一日不可缺少。如果现在喝不到它，我就会变成一只被风浪掀翻后飘到岸上的老破船，我的生命就会葬送在你和那笨蛋大夫的手中。"说到这里他又痛骂了一阵。"吉姆，你看，我的手抖得多厉害，"他用恳求的口气说道，"我不能控制住它不抖，今天我连一滴酒也没有沾过，你不要相信大夫的话，全是一片胡言。吉姆，如果我喝不上朗姆酒，我就会发病，我眼前就会出现许多妖怪，现在我已经看到一些了，你瞧老弗林特在你背后的角落里，我看得清清楚楚。每当看见这些可怕的东西时，我就会胡思乱想。你那位大夫亲口说过，一杯酒对我不会有害处。吉姆，我愿意给你一枚金币换一小杯酒。"

他的脾气越来越急躁，我担心会惊动那天病情很重、需要安静的父亲。再说，听了船长刚才说的话，我的心一下软了，觉得给他一小杯酒也无妨，只是他的这种贿赂方式使我深受侮辱。

"我不要你的钱，"我说，"只要你把欠我父亲的账付清就行了。我去给你倒一杯酒，但不能再要。"

当我把酒递给他时，他急忙抢过去一饮而尽。

"啊，啊，心里舒服极了，"他说，"小老弟，我问你，那大夫说我得在病床上待多久？"

"至少一个星期。"我答道。

"天哪！"他惊叫道。"一周，这绝对不行。到那时他们会给我送来黑券。那帮蠢货正在四处打听我的下落，他们守不住自己的东西，便来打别人的主意，这简直违背了水手的规矩。我是一个十分节俭的人，从不乱用钱，也不白白扔掉。我将再次捉弄他们，绝不怕他们。我将另辟航道，老弟，让他们再次扑一个空。"

船长一边说，一边费力地从床上支撑起来，他使劲地抓住我的肩膀，几乎疼得我直想哭出来。他移动他的腿时好像是在搬动两根铁柱。讲话时尽管他气势汹汹，但声音十分微弱，二者形成鲜明的对比。他在床沿上坐好后，静下来直喘着气。

"那医生把我整惨了，"他埋怨道，"我的耳朵里嗡嗡直响，还是让我躺下吧。"

我还没来得及扶他，他已经倒下躺在以前睡的地方，安安静静地躺着。

"吉姆，"他隔了一会儿问道，"你今天看到那个水手吗？"

"你是指黑狗吗？"

"对，就是黑狗，"他说，"他很坏，可是派他来的那个人更坏。万一我不能从这儿脱身，他们给我送来黑券，你要记住，他们是来抢我的水手箱。那时你就骑一匹马——你是会骑马的，不是吗？唉，反正顾不了那么多了，你去找那个该死的大夫，叫他集中所有的人马，包括附近的治安人员，一起来到'本葆将军'客店，把老弗林特一伙人一网打尽。我曾是老弗林特的大副，只有我一个人知道那个地方。他是在萨凡纳临死时把那东西交给我的，就像我现在这样躺着。不过你最好别先透露，除非他们送来黑券，或者你看到黑狗或独腿水手出现，吉姆，要特别提防那个独腿水手。"

"船长，黑券是什么？"我询问着。

"那是一种最后通牒，老弟。如果他们送来黑券，我会告诉你的。你只需留心守望，吉姆，我承诺将与你平分财富。"

他又咕噜地说了一会儿胡话，声音越来越低。不久我递上药去，他像小孩子似的吞下，并说："从来没有一个水手需要吃药，只有我。"他很快睡着了，我随即走出房间。我不知道我做的这一切是否正确，也许应该把这件事告诉大夫，因为我怕船长后悔向我吐露了真情会把我杀掉，要杀人灭口。可是当天又发生了意外事件，我生病的父亲偏巧在当晚突然去世，只好把别的事情全放在一边。我强忍家庭的不幸，忙于料理丧事，接待前来吊唁的邻居，同时还得照理客店的生意，根本没有时间想到老船长，更谈不上怕他。

第二天早晨，他竟自己走下楼，像往常一样进餐。虽然他吃的少，可是比平时喝了更多的朗姆酒，因为他自己去酒柜取酒，他绷着脸，鼻子里发出哼哼声，谁也不敢前去劝阻他。在我父亲下葬的前夜，他和往常一样喝得大醉。在居丧之家听到他唱那首粗俗的水手歌谣，实在令人不高兴。尽管他十分虚弱，我们仍惧怕他。大夫突然被请到好多英里之外的地方去看病，自我父亲死后就一直没有来过我家。我刚才提到船长身体很虚弱，的确，他不行了，身体不见复原，反而一天天垮下去。他扶着楼梯栏杆爬上爬下，从客厅到酒柜走来走去，时而把鼻子探出门外嗅嗅海风的气息，走动时他扶着墙壁做支柱，呼吸急促困难，仿佛在攀登陡峭的山峰。他从没有单独跟我讲话，我认为他已经忘记了自己曾经吐露过的秘密。由于身体状况每况愈下，他的脾气比以往更粗暴。现在他喝醉了酒，更有一种令人恐惧的举动：他拔出弯刀，把刀刃放在桌上自己的面前。他变得目中无人，似乎坐在那里深思熟虑、胡思乱想。有一次我们吃惊地发现，他一改老调，用口哨吹起一首乡村情歌，这一定是他年轻时还没当水手的时候唱的曲子。

就这样直到葬礼后的一天，一个雾霜浓浓的下午，大约在三点左右，我站在客店门口，心里充满对父亲的哀思。这时我看见一个人从大路上渐渐走过来。他显然是个瞎子，因为行走时用一根拐杖在前面探路，他额上戴着一条很大的绿色檐罩，遮住眼睛和鼻子，弯腰驼背，看似年老体弱。他身穿一件肥大破旧、带兜帽的水手外套，显得十分丑怪，我有生以来从未见过这种模样的人。他站在我家客店外不远的地方，扯开嗓子怪声怪调地对着正前方大声喊道：

"上帝保佑吾王乔治！哪位好心的朋友愿意告诉一个在英勇保卫英格兰祖国时失去宝贵眼睛的苦命瞎子：这里是什么地方？是我们祖国的哪一部分？"

"我的朋友，你是在黑山湾的本葆将军客店门口。"我说。

"我听到了一个声音，"他说，"一个少年的声音，善良的年轻朋友，你可愿意伸出你的手，把我带到店里去？"

我刚伸出手就被这说话温顺、长相可怕的瞎眼人牢牢抓住，就像夹在老虎钳里一样，我吓得拼命挣扎，可是瞎子轻轻地把胳膊一伸，就把我拉到他眼前。

"孩子，"他说，"带我去见船长吧。"

"先生，"我说，"我实在不知道。"

"哼，"他冷笑道，"原来这样！立即带我去，否则我扭断你的胳膊。"

说着，他把我的手一扭，痛得我叫了起来。

"先生，"我说，"我是为你着想，船长已跟过去不一样，他坐着时总是把弯刀放在面前。曾经有一位先生——"

"闲话少说，快走。"他打断我的话。我从未听见像这个瞎子那般狠毒、冷酷、可怕的声音，它对我的恐吓远远超过了手的疼痛。我立刻按照他的吩咐，带他朝那个生病的老海盗的住地走去，这时船长已喝得大醉。瞎子用铁一般的拳头拧紧我的手，把他的身体重量使劲地往我身上压，压得我难以承受。"你直接带我到他跟前，当到了他能看见我的地方，你就大喊一声：'比尔，有个朋友找你来了。'你要是不这样做，我会像这样罚你。"说到这里，他用力扭了我的手，疼得我差点昏过去。我被这个盲丐弄得十分害怕，早已把对船长的恐惧忘得一干二净，于是我推开客厅的门，用颤抖的声音喊了瞎子命令我叫的那句话。

可怜的船长惊奇地抬头一望，醉意顿时一扫而光，双眼直盯着来人。他脸上的表情极其恐怖，犹如病人临死前痛苦的表情。他试图想站起来，但已力不从心。

"比尔，别动，"那盲丐说，"我虽双目失明，但我能听到你的手在发抖。我们公事公办，伸出你的左手。孩子，你握住他的右手手腕，把它拿到我的右手这边来。"

我遵照吩咐把船长的手拿到他眼前，只见瞎子把一件东西从他拄拐杖的手中放到船长手里，船长接过后立即握紧拳头。

"事情办妥了。"瞎子说完就放开我的手，以难以置信的速度迅速地离开客厅，走到了大路上。我站在原地呆若木鸡，只听见嗒嗒的拐杖声愈去愈远。

过了许久，我和船长才如梦初醒。大概直到这时我才松开了被我一直握着的船长的手腕，他缩回手，赶紧看了一下自己的手心。

"十点钟！"他高声喊道。"还有六个小时，我们还来得及制服他们。"船长突然一跃而起。

虽然他站了起来，但摇晃不定。他用一只手扼住喉咙，摇摆了几下，然后发出一阵奇怪的声音，整个身体扑倒在地板上。

我立即向他跑过去，一边呼唤着我母亲。但欲速则不达，船长因脑溢血骤然死去。说来也许难以理解：我从来就不喜欢船长，尽管最近有点可怜他，但看见他突然死去，我禁不住泪如泉涌。这是我接触到的第二次死亡，而第一次因父亲去世所引起的悲伤至今无法从心中抹去。

水手皮箱

我立即告诉了母亲我所知道的一切，其实我早就该告知她了。我们当即感觉处境非常困难和危险。船长的钱——如果他真的有的话——其中一部分无疑是我们的。可是，他的同伙，如我曾见到的那个黑狗和瞎子，他们根本不愿意用他们掠夺的钱财为死人付账。船长曾叫我骑马去找李沃西大夫，如果照他的吩咐立刻去做，就会使我母亲独自一人留在客店，而得不到照顾，这显然不可行。看来，我们俩都不能待在家里：厨房炉子里煤块落下的声音，甚至时钟的嘀嗒声，都使我们心惊肉跳。我们似乎听到远处传来的脚步声，一想到客厅里船长的尸体，及凶恶面目的瞎子可能随时到来，我有好几次感到毛骨悚然。事不宜迟，我们决定一同去邻近的村落求救，我和母亲连帽子也没戴，立刻跑出店门，冲向浓雾之中。

虽然从我家看不见那个小村庄（其实只相隔几百码地），就坐落在邻近小海湾的另一边。我倍感宽慰的是：这个地方与瞎子所来的方向刚好相反，想必他定会返回原路。我们在路上并没有耽误许久，只是停下来几次以便相互拉住，侧耳倾听，但没有听见奇怪的声音，只有海水轻拍海岸、林鸟鸣叫的声音。

我们到达村子时，天已漆黑，一片灯亮，看到家家户户门窗映出的黄色灯光景象，我真是高兴，终生难忘。但是，后来才知道这一片灯光是我们在此所唯一能得到的帮助。村里的人也许感到羞愧，因为他们谁也不愿意同我们一起回到本葆将军客店。我们愈是细诉遇到的困难，他们，无论男女老幼，愈是往自己家里躲。我对弗林特船长的名字比较陌生，可村里的人们却对他相当熟悉，他的名字引起了人们的极大恐慌。有些在本葆将军客店附近干过活的人，记得曾在路上遇见一些陌生人，他们以为是走私犯，就避而远之。在我们称为基特海口的小港里，不止一人看见一艘小船。因为，无论哪个，只要是老弗林特船长的伙伴，都足以吓得村民们魂不附体。长话短说，愿意骑马去报告李沃西大夫的人倒有几个，因为他住在另一个方向，可是肯帮我们守卫客店的人却一个也没有。

人们常说，胆怯会传染。但相反，争论也能使人勇气倍增。大家讲完后，我母亲讲了一番话。她说，她不愿意放弃应当属于自己的钱。"如果你们都不敢去，"她说，"吉姆和我去，我们将沿原路返回，不再带你们这些体壮但胆小如鼠的人。我们即使丢性命也要把那只箱子打开。克罗斯利太太，请你把你的提包借给我，我要用它装回本应属于我们的财产。"

我愿意同母亲回去，村里的人则纷纷劝阻，说我们这样做是愚蠢的举动。但到了这个时候，还是无人愿意陪我们去。最后他们借给我一只装好弹药的手枪，以备遭到袭击时防身之用；还为我们备好马匹，以便我们在返回路上遭遇追逐时可以骑马逃跑。同时，他们答应派一个小伙子骑马前去大夫那里讨援兵。

当我们母子俩再次踏上寒夜的险途，我的心怦怦直跳。远处的天边冉冉升起一轮红红的满月，透过雾幕的上端向下窥视，这促使我们加快步伐，因为我们明白，等到我们返回时，月光就会把四周照耀得如同白昼，任何人都能发现我们。我们静静地沿着篱笆疾走，沿途没有看到或听到令我们心中恐惧的动静，直到走进本葆将军客店并关上大门，我们悬挂着的心方如释重负。

我随即插上门闩，在黑暗中我们喘了一会儿气。房间里除了我们娘儿俩，还停放着船长的尸体。母亲从酒柜后摸出一根蜡烛，我们手拉着手走进客厅。船长仍像我们离开的时候一样，仰卧在地上，睁着眼睛，伸出一只手臂。

"吉姆，把窗帘放下，"母亲轻声说道，"不然他们来了会从外面发现我们。"我关上窗帘后，她又说："我们得从船长身上找到钥匙，但谁敢碰他呢？"她边说边哭了起来。

我立即俯身着地，发现了一张小圆纸条，就放在船长手附近的地方，纸条的一面涂着黑色。我确信这就是所谓的黑券，拿起一看，发现另一面写有一行工整、清楚的字："今晚十点为最后期限。"

"妈，他们十点钟来，"我话音刚落，我家的那台座钟便当当地敲了起来，这突如其来的钟响吓了我们一大跳，不过幸好钟只敲了六下。

"吉姆，快，"母亲说，"快去找钥匙。"

我非常仔细地翻遍了船长的衣服口袋，只发现几枚小硬币、一个顶针、一些线和大的缝衣针、一只咬过的雪茄烟、一把弯柄小刀、一副袖珍罗盘、一只火绒盒诸如此类的东西，我不免感到失望。

"会不会挂在他脖子上？"母亲提醒道。

我强忍心中的厌恶，撕开他衬衣的领子，发现那里果然系着一条满是油污的绳子。我用他的刀子割断绳子，拿到了挂在绳子上的钥匙。我们充满了希望，赶紧到楼上他住的房间去。他在这儿住了很久，从住进客店起，他的水手箱一直放在屋里。

从外形看，这只箱子极其普通，与其他的水手箱没有什么差别。箱盖上用烙铁烫着他名字的首字母 B，皮箱的四角由于长期使用又缺少保护已经有些破损。

"把钥匙给我，"母亲说道。箱子的锁很不灵活，但还能转动，眨眼间就打开了箱子。

箱盖一打开，一股浓烈的烟草味和柏油味扑鼻而来。箱子里除了面上一套干净、折叠整齐的好衣服外，什么也没有。母亲说他从未穿过这套好衣服。箱子的下层尽堆放些乱七八糟的东西：一架象限仪、一只铁皮罐、几条烟草卷、两对精工制作的手枪、一块银锭、一块西班牙的老式表、几件不值钱的外国首饰、一对镶铜框的罗盘、五六枚西印度群岛的珍奇贝壳。我事后常常想，他过着一种漂泊不定、朝不保夕的流浪犯罪生活，为什么要带着这些贝壳？

当时，除了那块银锭和一些饰物外，我们没有发现任何值钱的东西，而我们又对这些东西毫无兴趣。箱底处有一件旧水手斗篷，已被沙洲弯上的海盐染成白色。母亲不耐烦地把它扯了起来，殊不知却发现了箱底里最后余下的几件东西：一卷用油布包好看似文件袋一样的东西、一只帆布袋，用手触碰时里面发出的声音像是金币。

"我要让这些海盗知道，我是一个诚实的女人，"母亲说，"我只收回欠我们的账，一文钱也不多拿。你打开克罗斯利太太的提包。"于是她开始数着把船长欠我们的钱从帆布袋里取出，然后装进提包。

这是一件费时耗力的事，因为袋中有价值不等、大小不一的各国钱币，如西班牙金币、法国金币、英国金币和西班牙银币，还有一些我不知其名的各种钱币都零散地混在一起，其中英国金币数量最少，而我母亲只会使用英国金币。

我们刚数了一半钱，我突然把一只手放在她的手臂上。我从寂静寒冷的空气中听到一种声音，紧张得使我的心快要从喉咙口蹦出来。那是瞎子的手杖敲击冰冻路面的嘀嗒声，这声音愈来愈近，吓得我们坐在地上不敢喘息。接着我们听到有人猛敲店门，又传来转动门把手和门闩的响声，大概那瞎子正设法进屋。过了好长一段时间，屋内外一片寂静，最后嘀嗒声又响起，不过渐渐远去，直至完全听不见。瞎子的离去使我们备感万分庆幸，高兴得难以形容。

"好，"我说，"把钱全拿走吧。"我相信店门上闩一定引起了瞎子的疑心，这势必会招致那群海盗倾巢而出向我们进攻。我庆幸自己事先上了门闩，谁要是没有见过那个可怕的瞎子，是体会不到我此时的心情的。

我母亲虽然也受了惊吓，却不肯在收回欠款之外多拿一分一毫，同时她又固执地不愿少拿一分钱。她说现在还不到十点钟，知道自己有什么权利就要得到应有的权利。正当她与我争论时，远处小山上突然传来一声很轻的口哨声，我们立即停止了争论。

"我把点好的钱带走。"母亲说着跳起身来。

"我带走这些以抵账。"我说着捡起那个小油布包。

接着我们就摸下楼去，把蜡烛留在空箱子旁。我们开门赶紧就跑，否则就晚了。浓雾正迅速消散，皎洁的月光早已照到高地上，只有在山谷底和客店门口还有一片残存的薄雾，正好掩护我们逃跑。在距离村庄不到一半的路程，离山腰不远处，我们必须经过一段月光地带。与此同时，我们听到一阵奔跑的脚步声，回头一看，只见一盏灯光前后摇晃着，正迅速地冲向我们这里，显然来人中一人手提灯笼。

"孩子，"母亲忽然说道，"快拿着钱包跑吧，我不行了。"

我想这下我们母子一定完了。我诅咒村民的胆小，责怪母亲的诚实和小气。刚才她非常固执，现在却弱不禁风，幸好我们走到一座小桥旁，我扶着母亲慢步走到岸边，她在这儿喘了一口气，便靠在我肩上。我不知道哪来的一股力气，尽管动作一定粗鲁，但我成功地把她拖下河岸，向桥洞里走了几步。我无法再向里拖了，因为桥太低，只能容我在下面爬行，母亲的身体几乎完全暴露在外。我们不得不躲在桥下，从远处客店里传来的一片嘈杂声清晰可闻。

瞎子的下场

不知不觉，我的好奇心居然战胜了恐惧，不甘心继续守候在桥洞下，我于是爬回到岸上，躲在一丛金雀花后面，远望我家门前的大路。我刚躲藏好，敌人就出现了。他们七八个人，沿着大路拼命跑来，脚步快慢不齐，其中一人手提灯笼，跑在最前面。有三个人手拉手并排跑在一起，尽管有雾，但我还是能认出夹在三人中间的那个盲丐人。紧接着，他的讲话声证实了我的正确判断。

"把门撞开。"他叫道。

"是，先生！"两三个人应答道。他们率先冲向本葆将军客店大门，提灯笼的人则紧跟后面。不过他们很快停下脚步并低声交谈起来，十分惊讶地发现店门大开。过了一会儿，那瞎子又开始发号施令，似乎怒不可遏，说话的声音更大更高。

"冲进去，冲进去！"他一边吼叫，一边骂他们行动缓慢。

大约四五个人立即冲进房间，另外两个人陪着可恶的瞎子站在路上。四周一片寂静，突然传出一声惊叫，有人从屋里大声叫道："比尔死了！"

可是瞎子直骂他们行动迟缓。

"你们这些笨蛋，快搜他的身！其余的人上楼拿箱子去。"他叫嚷道。

我听得见海盗们匆匆跑上破旧楼梯的声音，整个房子也被震抖起来。不一会儿又有人发出惊叫声，船长房间的窗子被砰地打开，碎玻璃哐当地落下。一个海盗探身窗外，月光照亮了他的脑袋和肩膀，他冲着楼下大路上的瞎子喊道："皮尤，咱们让人家领先了，有人已搜过箱子了。"

"钱还在那儿吗？"他怒吼道。

"钱还在。"瞎子又破口大骂。

"我问的是弗林特那包东西。"他叫呼着。

"怎么找也没找到。"那人回答道。

"喂，楼上的人，你们在比尔身上搜一下。"瞎子又喊道。

听了这话以后，一位留在楼下的人走到客店门口，说道："我已经搜过他的全身了，什么也没发现。"

"那一定是店里的人干的！是那个孩子干的！我恨不得掏出他的眼珠！"被称为皮尤的瞎子大叫道，"他们刚才还在这里，我推门的时候，他们把门上了闩，兄弟们，快分头去找他们！"

"一点不假，他们把蜡烛刚才还留在这里。"站在楼上窗口的海盗附和道。

"快分头去搜，哪怕翻遍房子也要找到他们！"皮尤一边急切地吩咐道，一边用手杖狠狠地敲击路面。

于是，我们的客店遭遇了一场空前的大破坏，重重的脚步声往来不停，家具被乱扔乱砸，每一扇门都被踢开，各种破坏的声音回荡在附近的山谷中。最后，这群海盗又相继跑回到大路上，都说找不到我们。此时，曾使我和母亲极度恐慌的口哨声再次响破夜空，清晰可闻，不过这一次接连吹了两声。起初我以为是瞎子发出的信号，大概是召唤他的同伙投入搜寻中，但后来发现口哨声是从对面村庄的山上传来的。从海盗们的反应可以看出，这口哨声意味着他们即将面临危险。

"德克又打哨音啦，"一个海盗说，"接连两声，兄弟们，我们快撤吧。"

"撤，你这没用的东西！"皮尤骂道。"德克向来胆小如鼠，你们不要管他。店里的人就在附近，他们没有走远，别让到手的东西跑掉啦。快分头去找吧，你们这些狗东西！他妈的！"他咆哮着，"我要是看得见就好了！"

瞎子的这番话似乎起了点作用，有两个人开始在一片被破坏的家具堆里四处寻找，不过他们仅仅装模作样而已，大概顾及着自身的安危，其余的人站在大路上袖手旁观。

"你们这群笨蛋，发财的机会就在你们手里，可你们裹足不前，犹豫不定！只要能找到那包东西，你们可以像国王那样尽享富贵。你们中没有一个敢见比尔，还是我这个瞎子亲手把黑券交给了他！现在我的好事眼看就要被你们毁了，我本可以坐马车兜风，现在却还是一个臭要饭的，四处流浪骗几个子儿换杯朗姆酒喝！唉，如果你们能干，就可以捉住他们。"

"别发火了，皮尤，我们已经搞到了不少西班牙金币！"有人嘀咕道。

"他们也许把那东西藏了，"另一个说，"给你几枚英国金币，皮尤，别站在这儿吵闹了。"

听到"吵闹"及那些唱反调的话，皮尤顿时火冒三丈，终于怒不可遏，乱打身边左右的人。可以听见他的拐杖沉重地打在不止一个人身上。

于是，海盗们也气急败坏，用恶毒的语言恐吓、回骂瞎子。他们甚至试图从瞎子手中夺走拐杖，可是没有成功。

他们的内部争吵为我们赢得时间，挽救了我们，正当他们争吵不休时，从邻村的山顶上传来迅速奔跑的马蹄声。与此同时，有人在篱笆边开了一枪：先是火光一闪，然后一声枪响。这显然是最危险的信号。因此，海盗们立刻拔腿四处逃窜，有的沿小湾向海边逃，有的走弯道翻越小山。不到半分钟，除了皮尤以外，所有的人都逃离了现场。他们抛弃了他，至于是因为当时惊慌失措，还是出于对他恶意打骂的报复，我不知道。他掉在了最后，气得用拐杖猛敲着路面，一边跑，一边呼唤同伴。最后，他转错了方向，经过我身边奔向邻村，并一路高叫道："约翰尼、黑狗、德克，"还呼叫着其他一些名字，"你们别扔下我，伙伴们，别把老皮尤扔下。"

这时马蹄声已经越过山顶，四五个骑马人出现在月光下，他们正顺着山坡飞驰而下。

此时皮尤才发现他的错误，便惊叫一声，转身向路边的沟里跑去，结果滚了下去，但是很快又爬起来，试图再向前跑，慌忙中正好撞在离他最近的一匹奔马蹄下。

马上的人想救他的命，但为时已晚，皮尤的一声惨叫响彻夜空，四只马蹄从他身上踩踏而过。他先是侧身倒下，然后脸贴着地，再也不动弹了。

我一跃而起招呼骑马的人，他们遭此意外，吓得要死，急忙勒住缰绳。我很快就认出了他们是谁。走在队伍最后的一个正是从村里去报告李沃西大夫的那个小伙子，其余的都是缉私人员。那小伙子很机警，在路上遇见他们并立即带领他们回来。

督税官丹斯已获悉基特海湾出现了一只海盗帆船，便于当晚到我们这边进行搜捕。幸亏他们及时赶到，否则我们母子必死无疑。

皮尤死了，再也不能动弹了。至于我母亲，我们将她抬回村里，给她喝了一点盐水，她很快就苏醒过来。虽然受了许多惊吓，总算安然无恙，只是还在后悔未能结清账。同时，督税官正率兵骑马奔驰基特海湾，但是他们不得不下马，一手牵马一边摸索着穿过山谷，有时得扶住马以防跌倒，还不断担心遇上埋伏。当他们到达那个海口时，海盗的船已经离岸，不过尚未去远。督税官命令船停止前行，可是船上的人警告他不要站在月光下，否则小心吃枪子儿。说话间，一颗子弹擦着督税官的肩膀飞过。不一会儿，帆船绕过岬角，消失在远方。丹斯先生站在原地，自称"像一条被扔上岸的鱼"，只得派人到布里斯托尔请求派快艇拦截。"即使如此，"他说，"也没有什么用。这些海盗一旦到了海上，就没人能制服他们。"不过，他补充道："我很高兴皮尤被撞死了。"他说这话时，我已经把我们遭遇的事情经过详细告诉了他。

我陪同丹斯先生回到本葆将军客店，屋子里乱七八糟，一片被毁坏的景象真是惨不忍睹。他们穷凶极恶地搜找我们母子俩，气急败坏地把壁钟扔在地上。除了船长的钱袋和钱包里的一些银币外，他们什么也没拿走，但我一看就明白了：我们破产了。丹斯先生看到这幅景象也十分惊异。

"你说他们拿走了钱，那么，霍金斯，他们到底还想找什么呢？找更多的钱吗？"

"不，先生，他们不是在找钱，"我说，"其实，先生，他们要找的东西就在我胸前的口袋里，老实告诉你，我想把它放在一个安全的地方。"

"对，孩子，说得对，"他说，"如果你愿意，可以交给我。"

"我想，也许李沃西大夫……"

"你说得对，"他欣然接着说，"完全正确，李沃西大夫是位绅士，又是治安管理人员。我得亲自跑一趟，向他和乡绅报告此事。不管怎么说，皮尤死了，我对此并没有什么担忧，但毕竟死了一个人，难免有人会向皇家督税官追究责任。听我说，霍金斯，你如果愿意，我带你一起去。"

我由衷地感谢他的建议，于是我们步行回到停马的村庄，在我对母亲告诉我的打算时候，缉私人员都已经上了马。

"道格，"丹斯先生对其中的一位队员说，"你骑了一匹好马，让这孩子坐在你后面吧。"

我爬上马背，抓住道格的腰带刚坐好，督税官便下令出发，于是我们一行的马沿着大路朝李沃西大夫家奔去。

船长的文件

我们一路快马飞奔，直到李沃西大夫家门口才停下，他家房子前面一片漆黑。

丹斯先生叫我下马去敲门，道格腾出一只马镫以便我下马，很快一位女佣人开了门：

"李沃西大夫在家吗？"我问道。

佣人说不在，他下午回来过，但又到特里劳尼庄园吃晚饭去了，饭后他将和乡绅待在一起。

"小伙子们，那我们就到特里劳尼府上去。"丹斯先生说。

因为路途很近，我没有上马，就拉着道格的马镫皮带向庄园大门跑去。在月光的照耀下，我们穿过一条树叶飘落的长长通道，来到一栋被古老的大花园所包围的白色房屋前。丹斯先生在此下马，经通报后，带领我一同走了进去。

在一名仆人的带领下，我们走过铺着草垫的长廊，来到一间宽敞的书房，书房的四壁全是书橱，上面摆着许多半身雕像。特里劳尼先生和李沃西大夫叼着烟斗坐在明亮的火炉两旁。

我是第一次在这么近的距离看见那位乡绅。他个头高大，超过六英尺，身材魁伟。他的相貌粗豪坦率，由于经常奔波在外，他那晒成红色的脸上布满了皱纹，他的眉毛浓黑，时常上下耸动，这使他看上去很有个性，但说不上是什么缺点，只是他有些性急。

"进来，丹斯先生。"他语气庄重，颇有些架子。

"晚上好，丹斯，"大夫点点头招呼道，"晚上好，吉姆小朋友，什么风把你们给吹来啦？"

督税官站得笔直，把刚才发生的事情，像背书似的讲了一遍，两位先生身体前倾，听得津津有味，甚至忘记了吸烟，吃惊地面面相觑。当他们听到我母亲回到客店时，李沃西大夫重重地拍了一下大腿，而乡绅特里劳尼则喝彩道："好样的！"不觉竟把细长的烟斗折断在炉栅上。故事尚未讲完，乡绅已离开座位在房间里来回踱步。而李沃西大夫为了听得更清楚些，干脆脱去那涂粉的假发，露出一头剪短的黑发，这使他看上去很异样。

丹斯先生终于讲完了这个事件。

"丹斯先生，"乡绅说，"你是一个很高尚的人，至于撞死那个凶残可恶的瞎子，我倒认为是一桩好事，就像踩死了一只蟑螂。据我观察，霍金斯这个孩子有出息，霍金斯，你替我按一下铃，给丹斯先生要一杯啤酒。"

"吉姆，你说他们要找的东西在你身上，是不是？"大夫问。

"对，先生。"我说着就把油布包递给了他。

大夫接过来仔细看了一番，似乎急想打开它；然而他并没有这样做，而是默默地把油布包放入外套的口袋里。

"特里劳尼先生，"大夫说，"丹斯喝完了啤酒还得回去履行公事。我想留下吉姆·霍金斯，带他到我家去休息。如果你允许的话，我建议他吃一点冷馅饼，他还没有吃晚饭。"

"就照你说的去办，李沃西大夫，"乡绅说，"霍金斯的功劳很大，请他吃比冷馅饼更好的东西也值得。"

很快仆人送来一大块鸽肉馅饼，放在茶几上。我正饥肠辘辘，便放开肚子饱吃了一顿，其间，丹斯先生又受到几句夸奖，然后离去。

"特里劳尼先生。"大夫说。

"李沃西大夫。"乡绅也同时开口说道。

"我们一个个说，"李沃西大夫笑道，"你大概听说过弗林特这个人吧？"

"怎么没听说过呢？"乡绅大声说："当然听说过！他是有名的海上凶残大盗。比起弗林特来，黑胡子只能算个娃娃，是小巫见大巫。西班牙人十分惧怕他，老实告诉你，我有时感到自豪，因为他是英国人。我曾在特尔尼达附近的海上亲眼看到他船上的中桅帆。当时我坐的那条船的船长胆小如鼠，见状后立即掉转船头返回西班牙港。"

"我在英国也听说过他的名字，"大夫说，"但现在他有钱吗？"

"钱！"乡绅大声说，"你刚才没听丹斯讲的故事吗？除了钱，那帮匪徒还要什么？除了钱，他们还在乎什么？钱是他们的命根子，为了钱他们能置生命不顾而铤而走险。"

"这一点我们很快就会知道，"大夫回答道，"可是你如此激情高昂，我连一句话也插不进来。大家可以想想：假如我这口袋里放着弗林特藏宝地点的线索，那这笔宝藏的数目有多大？"

"很可观，先生！"乡绅大声说，"如果我们真的掌握你提供的那个线索，那肯定可观，我就到布里斯托尔码头去装备一艘大船，带着你和霍金斯一起出海寻宝，哪怕花一年时间，我也要找到宝藏。"

"太好了，"大夫说，"现在，如果吉姆同意，我们就打开这个包。"说着他就把那包东西放在了他面前的桌上。

那包东西是用针线缝起来的，大夫只得打开他的器械箱，用手术剪刀把缝线剪断。包里共装有两件东西，一本簿册和一卷密封的纸。

"我们先看看这本簿册。"大夫建议道。

李沃西大夫热情地示意我从刚才晚餐的桌旁走过去分享打开神秘东西的乐趣，当他翻开小册子时，我和乡绅站在他背后，凝神盯着。首页上呈现出一些草写的字迹，像是某人拿着笔，出于无聊或试笔需要而胡乱写上的。有一行字与船长身上刺花的内容相同："比尔·蓬斯的珍爱"，还有"大副威·蓬斯先生""戒酒""他在棕榈沙外得到了他应得之物"以及其他只言片语，多半是看不懂的单词。我不禁暗自纳闷，"是谁得到了他所应得的？""那应得之物"究竟是什么？会不会是从背后捅一刀？

"从这页看不出什么线索。"大夫边说边往前页翻。

接下来的十页或十二页记载着一些奇怪的账目。每行的一端记载着日期，另一端是金额，与普通的账册没有什么区别，但是账目两端之间没有文字叙述，只画着为数不等的叉叉符号。例如，一七四五年六月十二日有一笔七十英镑的款项明显已划归某人，但账册上仅有六个叉叉，无任何文字叙述。不过有几笔账目加注了地名，如"加拉加斯附近"，或者只写上经纬度，如"60°17′20″，19°2′40″"。

这本账册差不多连续记载了近二十年的账目，随着时间的推移，账上款项的金额愈来愈大。在账册的末尾，虽有五六次纠正加法上错误的痕迹，但算出了总额数，并写上"蓬斯的一份"。

"我看了这些根本摸不着头脑。"李沃西大夫说。

"事情很清楚，"特里劳尼先生说，"这是黑心鬼的账本，上面的交叉代表被他们击沉的船只和掳夺的城镇，账上的总数是他的分赃所得。在他担心发生混淆的地方，他特别明显地写上几个字加以注明。比如：'加拉加斯附近'表示有一艘不幸之船在离海岸不远处遭到袭击。愿上帝保佑那些可怜的船员，他们早已化成了珊瑚。"

"对！"大夫说，"到底是旅行家见多识广。你看！随着职位的上升，他分到的钱也越来越多。"

账簿的最后几页记着一些地名，还有一张法国、英国和西班牙货币的换算表，此外什么也没有。

"这家伙挺精明，"大夫说，"谁也别想算计他。"

"再看看那一纸封吧。"乡绅说。

这只纸套带有好几处都用火漆封口，用顶针代替印戳，这顶针与我在船长口袋里找到的那个完全相同。大夫小心翼翼地拆开封口，从套子里落出一张岛的地图，上面标有经纬度、水深以及山丘、海湾和水港的名称。图上还记载了船靠岸所需的详细资料，例如什么地方停泊最安全，停泊时需注意的事项。这座岛屿大约长九英里，宽五英里，形状犹如一条肥胖的直立恐龙。岛上有两个被陆地环抱的避风良港，岛的中部有一座标为"西贝格拉斯"的小山。图上还有几处后来加上的附注，其中以三个红十字记号最为醒目：两个标在岛的北部，一个标在岛的西南部。靠近西南部的那个红十字旁写着一行十分工整的小字："金银财宝藏于此地。"与船长歪歪斜斜字体大不相同。

地图的背面呈现同一个人的笔迹，写有如下文字：

> 大树，西贝格拉斯山坡，位置北东北偏北。
>
> 骷髅岛，东东南偏东。
>
> 十英尺。
>
> 银锭在北窖；你可顺着东圆丘的斜坡，面向黑色岩石，在其南南十英寻处找到。
>
> 武器很容易找到，在北部港口小岬北角的沙丘中，方位正东偏北四分之一点。
>
> 杰·弗

这些文字记载如此简洁，我看不懂，可是乡绅和李沃西大夫却欣喜若狂。

"李沃西，"乡绅说，"你不要再干那行医行业了，明天我就去布里斯托尔，三周以内，不，两周！不，十天以内，我们就可以拥有英国最好的船只和水手，吉姆可以在船上当侍应生，他一定能成为一名出色的侍应生，你，李沃西，就当随船医生，我当总管，我们把雷德拉斯、乔伊斯和亨特也带上船，我们将全速航行，一路顺风到达宝岛，并尽快找到那块藏宝之地。到时那里的钱堆积如山，够你一辈子当饭吃，任你在上面打滚，拿来打水漂。"

"特里劳尼，"大夫说，"我跟你一起去，吉姆也会随我们去，我们保证尽职尽责，但我对一个人不放心。"

"那人是谁？"乡绅说，"告诉我那个混蛋的名字！"

"就是你，"大夫说，"因为你管不住你的嘴，知道这消息的人不止我们，今晚袭击客店的那一伙人都是亡命海匪，他们和其余留在船上的人将会不惜一切代价去寻找藏宝之地，我敢说他们人数一定不少。在出海之前，我们谁也不准单独行动。我和吉姆待在一起，你和乔伊斯、亨特去布里斯托尔，我们自始至终都不能把我们的秘密告诉任何人。"

"李沃西，"乡绅说，"你讲得有道理，放心吧，我一定会守口如瓶。"

第二部　海上厨师

Part Two

我上布里斯托尔

我们在出海前所花费的准备时间大大超过了乡绅原先的预计，最初的计划我们没有实现一项，甚至连李沃西大夫要我留在他身边的设想也告吹了。大夫不得不去伦敦找一个医生来接替他的业务，特里劳尼在布里斯托尔忙得不可开交；我住在特里劳尼府上，在猎场总管雷德拉斯的看管下，如同一名囚犯。然而，我经常做着航海的幻梦，企盼早日登上异国的岛屿，历经惊险的奇遇，尽快找到金银财宝，我常常一连几个小时研究那张地图，把上面的每一个细节都牢记于心。我坐在管家屋子里的炉火旁，幻想着如何从各个不同方向靠近那座宝岛。岛上的每一块地方我都考察过了，曾千百次登上那座被称为"西贝格拉斯"的小山，从它顶上观赏奇特多变的景色。岛上到处都是野人，我们不得不与他们作战；有时候，四周的野兽向我们追扑来。但是这些幻想中的奇遇没有哪一桩能比得上我们后来充满怪异和悲惨的实际寻宝经历。

数周后的一天，邮差终于送来一封寄给李沃西大夫的信，信封上注明："如大夫本人不在，可由汤姆·雷德拉斯或小霍金斯拆阅。"遵照这条指示，我们（其实是我，因为猎场总管只识得印刷体字母）

拆开信，从中获悉如下重要信息：

> 亲爱的李沃西：
>
> 　　由于不知道你现在是住在我的宅邸还是在伦敦，我把这封信一式两份寄向两个地点，以便收到为妥。
>
> 　　船已购妥并装备好，目前停泊待发。这是一艘非常出色的纵帆船，连孩子都能驾驶它，你难以再想象另外的帆船。船载重两百吨，名叫"希斯帕诺拉"号。
>
> 　　我是通过我的老朋友勃兰德里买到这条船的，他确实是个好人，自始至终像奴隶一样为我效劳。其实，这里所有的人一听说我们要去的地方——我是指金银岛，都乐于为我效力。

"雷德拉斯，"念到这里，我停下来说，"李沃西大夫一定会不高兴的，乡绅还是泄密了。"

"究竟谁对呢？"猎场总管抱怨道，"我相信特里劳尼先生绝对不会为了李沃西大夫的缘故而守口如瓶的。"

听了这话，我不想再发表评论，于是继续念信：

> 　　勃兰德里亲自选中了"希斯帕诺拉"号，他十分聪明，使用极其高妙的手段以最低价格买下这条船。在布里斯托尔，有一伙人十分仇恨勃兰德里，他们硬说他看似老实，为了钱他什么都干得出来。他们甚至说"希斯帕诺拉"号是他自己的船，他现在以荒谬的高价卖给了我。这些都是明显的诽谤，不管怎样，谁也无法否认这条船的优势。
>
> 　　到目前为止，一切进展顺利，只是装置帆樯索具的工人干活太慢，不过事情会慢慢好转。我最伤脑筋的还是船上人员配备问题。
>
> 　　我希望招足二十个人，这样即使遇到土著、海盗或可恶的法

国人，我们也能足以抗敌。可是我费了九牛二虎之力才招到六七个人，直到后来遇上好运，这才招到了我梦寐以求的那个人。

我是站在码头上同这个人偶然相识的，经过交谈，我得知他是一位老水手，目前正经营一家酒店。他称他认识布里斯托尔所有的水手，并说自己脱离海上生活后身体一直不舒服，很想到航海船上当一名厨师，再次体验海上生活。他说，那天早晨他一瘸一拐地来到码头，目的就是为了再次闻闻海水的咸味。

我听后非常感动，你听后同样会被感动的。出于同情，我当场决定雇用他当船上的厨师。他的名字叫约翰·西尔弗，个头很高，缺一条腿，但我认为这是最好的介绍信，因为他是不朽的霍克将军的部下，是在为国服役时失去那条腿的。然而，他却没有得到国家的养老金。李沃西，你想想，这是多么不公平呀！

起初我以为我仅仅找到一个厨师，可哪里料到竟由此我发现了大批水手，完全能组成一个船员团队，在西尔弗的帮助下，我在几天之内便招募到一批最有经验的老水手，尽管外貌难看，但他们的表情刚毅。我敢说我们一定能战胜一艘战舰。

高个儿约翰从我已雇定的六七个水手中剔去两个。他事后对我说，在我们即将开始的一次事关重大的探险过程中，这些淡水里泡大的废物是最不行的。

现在我身体和精神都很好，吃得壮如公牛，睡得似木头。但我要等到我的那些老水手绞动绞盘，起锚出发时，我才会渐渐平静下来。我们快出海吧！去那藏宝之地！我憧憬着大海的辉煌，李沃西，如果你尊敬我，就快来吧，一小时也不能延误。

约翰·特里劳尼

一七ＸＸ年三月一日
于布里斯托尔海船旅馆

附后：我忘了告诉你，勃兰德里已为我们找到一位经验丰富的船长，他答应如果我们到八月底还没回来，他就会派另一条船来接我们。船长虽然性格倔强，但在其他方面却十分出色。高个儿约翰·西尔弗物色到一个十分能干的人当大副，他叫埃罗·李沃西，我找了一个会吹口哨发号传令的水手长，将来在"希斯帕诺拉"号船上，一切行动都将军事化。

另外，我还得告诉你，西尔弗是一个有钱人。我亲自了解到他在银行开有账户，从未透支过。他让他的妻子经营酒店，他妻子是黑人。他再度出海探险的强烈期望恐怕出于他妻子的黑人身份及他本人的健康状况原因，我们都是老光棍，对他作出这样的猜想是情有可原的。

再附：霍金斯行前可以在他母亲那里待一夜。

约·特

我读完信后心中十分激动，几乎欣喜若狂，难以自禁，而汤姆·雷德拉斯却唉声叹气，情绪低落，真让我瞧不起。

总管手下的任何一名猎场看守都能胜任他的职位，但乡绅指定的是他，而乡绅的吩咐在他们心目中好比法令，除了老雷德拉斯，没人敢嘀咕什么。

第二天早晨，我和雷德拉斯步行到本葆将军客店。到了那里，我发现母亲的身体和精神都恢复得很好。长期以来那位搅得我家宅不安宁的船长已到阴间去了，再也不能给我家添麻烦了。乡绅吩咐修复好一切遭到破坏的东西，客厅和前门的招牌油漆一新，还添置了一些家具，特意在酒柜后面给我母亲安放了一把漂亮的扶椅，还为母亲找了一个学徒，以便我离家期间她有一个帮手。

当见到那个学徒男孩，我第一次才明白我内心的痛苦。在此之前，我只是想到即将开始的冒险探金历程，根本没有想到我即将离开家。见到这个笨手笨脚的小男孩，想到他将替代我照顾母亲，我第一次流出了眼泪。这男孩是新手，我把他狠狠地折磨了一番，不放过任何机会，不停地纠正、教导他。

待了一夜，第二天吃过午饭，我和雷德拉斯又步行上路，告别了母亲，告别了我出生以来就一直住在那里的小海湾，告别了本葆将军客店那块可爱的老招牌，不过自从被重新油漆后，它看上去不如以前那么亲切了。我最后想到了死去的船长，他生前经常戴着三角帽和一副铜制望远镜，脸上留着一道刀疤，趾高气扬地沿着海岸散步。不一会儿，我们转过弯角，就再也看不见我的家了。

黄昏时分，我们在乔治国王旅馆附近的荒路上搭上邮车。我被夹在雷德拉斯和一位肥胖的老绅士之间。尽管车跑得快，有点振动，晚上寒风刺骨，我一上车就开始打瞌睡，睡得就像根木头，任凭邮车上下颠簸跑过一站又一站。当我的肋骨被猛撞一下，终于醒来时，我睁眼一看，发现我们的车已停在大街上一幢高大建筑物面前，天早已亮了。

"我们到了哪里？"我问道。

"布里斯托尔，"汤姆说，"下车吧。"

特里劳尼住的旅馆离码头很近，以便他监管船上的工作。我们只得步行去那里，沿途我们见到许多大小不一、各式各样的不同国家船只，这使我大开眼界，非常开心。有几只船上的水手，一边干活，一边唱歌；另外几只船上的水手正攀登在我头上方的桅杆高处，抬头望去，他们仿佛挂在细如蛛丝的帆索上。虽然我从小生长在海边，可从未这样靠近过大海。码头的柏油路和海风的咸味使我感到新鲜。我看到了许多形形色色的船头装饰，这些船都曾经出过远洋；我还看见许多老水手，他们戴着耳环，留着鬈曲的络腮胡子，脑后垂着一根涂了柏油的辫子，摇晃地走着独特的水手步伐。即使让我见到许多的国王或主教，我也不会比此时更为高兴。

现在我将要乘坐一艘大帆船出海远航了！船上的水手长会吹哨传令，同船的许多水手留着辫子，都喜欢唱歌，我们将共同驶向一个不为人知的岛上去寻找埋在地下的宝藏！

当我还沉浸在美梦中，我们不知不觉已经走到一家大旅馆门前，遇见了乡绅特里劳尼。他身穿结实的蓝色服装，打扮得像个海军军官，面带笑容走出大门来，他行走时有意模仿水手的步态。

"你们来了，"他大声说，"大夫李沃西昨天晚上已从伦敦赶到。太好了！所有的船员都到齐了！"

"哦，先生，"我问道，"我们什么时候开船？"

"开船？"他说，"我们明天就开船出海！"

西贝格拉斯酒店

吃完早饭，乡绅交给我一张便条，叫我送给西贝格拉斯酒店的约翰·西尔弗。他告诉我那地方很容易找到，只需要沿着码头走，找到一家挂有望远镜形状的招牌小酒店。我想到又有机会看见港口里的船舶和水手，心里十分兴奋，因而我兴冲冲出发，穿梭行走于人群、大车、货包中间，直到我找到了那家酒店。此时正是码头一天最繁忙的时候。

这是一间小巧明亮的娱乐酒店。酒店的招牌刚重新漆过，窗户上挂有整洁的红色窗帘，地上铺着干净的沙子。酒店的两扇门各朝向一条马路敞开，能清清楚楚地看见低矮大房间里的一切，尽管房间里布满一片烟雾。

店里的顾客大多是水手，他们讲话声音很高，吓得我躲在门口不敢进去。

我正在犹豫，有一个人从侧面一间屋里走出来，我一看就知道他是高个子约翰。他的左腿截到臀部，左肩下的一根拐杖任意地由他使唤，他拄着拐杖走路的姿势就像一只跳跃在地上的鸟儿。他身高体壮，脸盘大得像火腿，相貌平常，面色苍白。他讲话时面带笑容、十分机敏。看来他心情很好，吹着口哨徘徊于桌子之间，每每见到熟悉的客人，他都要停下来说几句笑话，或者拍拍肩头。

说实话，自从我第一次从特里劳尼先生的信中听到高个儿约翰时起，我就怀疑此人可能正是我在本葆将军客店守候许久的那个独腿水手。但是，一看见那人我便消除了疑虑。我曾见过船长，见过黑狗，见过瞎子皮尤，我想自己应该熟悉海盗的模样。依我看，这位整洁而和气的掌柜完全不像海盗。

我鼓起勇气，跨过门槛，直接走向他站立的地方。此时他正挂着拐杖在与一位顾客交谈。

"您是西尔弗先生吗?"我一边问，一边递上便条。

"是的，孩子，"他说，"正是，我是西尔弗。你是谁?"当他看完乡绅写的信，我感觉他似乎吃了一惊。

"哦!"他大声说着，伸出一只手，"我明白了，你是我们船上新来的侍应生，非常欢迎。"

说着，他粗大结实的手把我紧紧握住。

此时，坐在较远边上的一位顾客突然起身走向门外，门靠他很近，转眼间他就跑到了街上。他那慌忙、急促的动作引起了我的注意，我一眼便认出了他，此人正是最早到本葆将军客店来找船长的那个面色苍白、缺少两个手指的人。

"嗨，快抓住他!"我大声喊道，"那人是黑狗!"

"我不管他是谁，"西尔弗叫道，"不过他没付账，哈里，快跑去把他抓回来。"

离门最近的一个人一跃而起，迅速追上去。

"即使他是霍克将军，也得付钱。"然后，他放松我的手问道:"你刚才叫他什么?黑什么?"

"黑狗，先生，"我答道。"难道特里劳尼先生没有告诉你那帮海盗的事?黑狗跟他们是一伙的。"

"原来如此，"西尔弗愤怒道，"竟敢出现在我店里！本，你快跑去帮哈里一起追。他竟然是那伙王八蛋中的一员？摩根，你不是跟他一起喝过酒吗？你过来。"

名叫摩根的人是一个年老白发、面色暗红的水手，他嘴里嚼着烟草块，听话似的走了过来。

"摩根，"高个儿约翰厉声问道，"你以前见过黑——黑狗吗？"

"没有，先生。"摩根恭敬地答道。

"难道你以前没听过他的名字？"

"没有，先生。"

"老天在上，汤姆·摩根，你真走运。"酒店掌柜感叹道。"你要是跟这群人混在一起，从此你就别想再进我的店堂，我说话绝对算数。刚才他跟你讲了些什么？"

"我记不清了，先生。"摩根回答说。

"你头上长的究竟是脑袋还是木瓜？"高个儿约翰呵斥道。"怎么连你自己跟什么人说话也记不清了？他刚才跟你唠叨了些什么？是不是关于航海、船长、船只？快说，你们说了些什么？"

"我们在讲喝龙骨水（指一种刑罚）。"摩根答道。

"是吗？真该让你们尝一尝这滋味，你可以相信我的话。滚回你座位上去吧，你这笨蛋。"

等摩根回到自己的座位后，西尔弗贴到我耳边上，以一种十分讨好的语气悄悄地对我说：

"汤姆·摩根人挺老实，就是笨了点。现在，"他提高嗓门继续说道，"让我想想，黑狗？不，我没听说过这个名字，从来没有。不过，我似乎见过这个人，他曾经同一个盲丐来过这里。"

"那准是他，没错，"我说，"我认识那瞎子，他叫皮尤。"

"对了！"西尔弗万分激动，"皮尤，他的确叫那个名字，一看就知道他是个坏蛋，如果我们能抓到黑狗，乡绅准会高兴。本是个飞毛腿，没有哪个水手能跑过他。他肯定能抓住黑狗，上帝保佑！他刚才不是在谈论喝龙骨水吗？我就让他尝尝这滋味！"

他边说边拄着拐杖在店里走来走去，时而拍拍桌子，他那气愤的样子足以使法官或警察打消对他的怀疑。当发现黑狗出现在西贝格拉斯酒店之后，我开始产生疑心，并细心地观察这位厨子的行动。但是他很深沉、灵敏，我难以看透他。等到那两个追赶黑狗的人气喘吁吁地跑回来，说黑狗已经从人群中溜跑了，西尔弗把他们当做小偷一般痛骂了一顿。此时，我更加相信高个儿约翰·西尔弗的清白无辜。

"听我说，霍金斯，"他说，"这件事真让我倒霉，如果特里劳尼知道了此事，他会怎么想？我居然让这个可恶之人坐在我的酒店里喝我的朗姆酒！你来告诉了真情，可我竟眼睁睁地看着他从我们身边溜走！霍金斯，你得在船主面前替我说句公道话。你虽然是一个孩子，但却十分聪明。你当初一到我这儿，我就看出来了。只怪自己是一个残废，拄着这根拐杖，毫无用处。如果是在过去我做水手的时候，这黑狗绝对跑不掉，一眨眼间，我保证能很快地捉住他，可现在——"

突然，他停了下来，耷拉着下巴，仿佛想起了什么事情。

"酒钱！"他大叫起来，"我忘了收三杯朗姆酒的钱！真见鬼，竟把收账给忘掉了！"

他倒在一条长凳上放声大笑，笑得眼泪顺着脸颊流下，我也忍不住笑了起来，两个人笑得前仰后合，直至店堂都被震得发出回响。

"哎，我真是不中用了！"他抹着眼泪说，"霍金斯，我俩会相处得很好，我认为我也只配做船上的侍应生。好了，现在该准备走了。这件事不能就此结束，必须公事公办，伙计们。我将戴上旧三角帽，和你一起去见特里劳尼船主，向他报告这里发生的事情。霍金斯老弟，要知道这可是一件重要的事情。不过，我俩在这件事上都没有什么光彩，都是傻瓜。可恶的是，我未能讨回酒钱。"

他又开始大笑起来，虽然我并不觉得可笑，但最终还是附和着笑了起来。

在沿着码头行走的一段路上，我们发现西尔弗是个最有趣的伙伴，他热情地给我介绍沿途所看到的各种船只、船的装备、吨位、国籍，并讲解正在进行的工作：有的正在卸货，有的正在装货，有的即将出海远航。他时而还给我讲一些有关船只和水手的轶事，或者重复某一个航海用语，反复讲解其意，直至我完全领会。我开始认识到他是最好的同船伙伴。

我们到达旅店时，乡绅和李沃西大夫正在一边喝啤酒，一边吃烤面包。他们随后将去纵帆船上检查出海前的准备工作。

高个儿约翰把发生在酒店里的事从头到尾讲了一遍，说得很激动，完全如实汇报。"当时的情况是这样吗，霍金斯？"他不时停下来问道，我只好每次点头称是，为他作证。

两位先生对没抓到黑狗深感遗憾，但我们一致认为当时无能为力。高个儿约翰接受了一番夸奖，然后拄着拐杖离去。

"今天下午四点，全体人员到船上集合。"乡绅冲着他的背影大喊一声。

"是，先生。"那厨子在走廊里应道。

"特里劳尼先生，"李沃西大夫说，"总的说来，我并不认为你找到了最好的船员，但对约翰·西尔弗，他似乎是个好人，我很满意。"

"这个人真的不错。"乡绅说。

"现在，"大夫又说，"就让吉姆和我们一起上船吧？"

"当然，"乡绅说，"霍金斯，戴上你的帽子，我们一起上船去。"

火药和武器

"希斯帕诺拉"号船停泊的地方远离岸边,我们坐的小船穿梭于许多大船的船头饰像和船尾之间,它们的缆绳时而擦着我们的船底,时而在我们头上摇晃,我们几经周折,终于靠到"希斯帕诺拉"号。大副埃罗先生是一位肤色棕黑、佩戴耳环、眼睛斜视的老海员,连忙上前迎接我们。他与乡绅十分合得来,但我很快发现,船长同特里劳尼先生的关系并不十分融洽。

船长一脸严肃,他似乎不满意船上的一切,并急于想表露出这种情绪,因为我们刚踏进船舱,就有一名水手跟着进来。

"先生,斯摩利特船长想与你谈谈。"他说。

"我随时听候船长的命令,请他进来。"乡绅说。

船长其实就跟在使者背后,所以立刻走了进来,并随手关上门。

"你好,斯摩利特船长,有何见教?我希望一切都顺利。是否一切准备就绪,可以出海了?"

"先生,你好,"船长说,"我想还是把话说明,尽管可能让你不高兴,总之,我不喜欢这次航行,不喜欢这些船员,不喜欢我的大副。我想说的就这些。"

"先生，也许你不喜欢这条船吧？"乡绅问道，我看得出他十分生气。

"我还没驾驶这船，不敢这么说，"船长答道，"可这条船看起来造得很精巧，别的没什么可说。"

"先生，你也许不喜欢你的船主吧？"乡绅问道。

这时李沃西大夫开始插话。

"等一下，"他说，"等一下。不要这样提问，这会有伤感情。船长也许还没说清楚，我想请他解释一下他刚才讲过的一些话。你说不喜欢这次航行，请问为什么？"

"先生，我受雇把这艘船开往船主要去的地方，却没人告诉我目的地，"船长说，"本来我不在乎，这也没什么，可是我发现船上每一个人都比我知道的更多，我认为极其不公平，你说呢？"

"对，"李沃西大夫说，"我也认为不公平。"

"其次，"船长说，"我听说我们将去寻宝——请注意，我是听我手下的人说的。寻宝是一件非常危险的事情，不论怎样我对它不感兴趣。这次航行本应该保密，但这个秘密——请恕我直言，特里劳尼先生——连鹦鹉都知道了。"

"是西尔弗的鹦鹉吗？"乡绅问。

"我再打一个比方，"船长说，"我的意思是泄密了。我想你们俩都没看清你们现在的处境，但我要告诉你们我的看法：你们将面临生与死的考验，而且形势十分险恶。"

"你讲得很清楚，我认为很有道理，"李沃西大夫回答道，"我们将冒险寻宝，但并非你想象的那样无知。还有，你说不喜欢这船上的船员，难道他们是孬水手吗？"

"我不喜欢他们，先生，"船长回答，"如果你那样讲，我认为当初应该由我来挑选船员。"

"的确，"李沃西大夫说。"我的朋友当初应该和你一起挑选，不过，他这疏忽并非是故意的。还有，你为什么不喜欢埃罗先生？"

"先生，我不喜欢他，虽然我相信他是一个好水手，但他对水手太放纵，不是一个好大副。一个大副应该严于律己，而不是与水手们一起喝酒！"

"你的意思是他酗酒？"乡绅嚷道。

"不，先生，"船长答道，"只是他太随意了。"

"好吧，长话短说，你对我们有什么要求，船长？"大夫问。

"好，两位先生，你们是不是已决定了这次远航？"

"我们已经铁了心。"乡绅回答。

"那好，"船长说，"既然你们已耐心地听我说了这些连我自己都无法证实的情况，那就请再听我说几句。他们现在把武器弹药堆放在前舱，而你们的客舱下面有很好的地方，为什么不放在那里？这是第一点。其次，你们带着四个自己的心腹在身旁，然而我听说他们被安排到前舱去睡，为什么不在客舱旁边给他们安排几个铺位？这是第二点。"

"还有吗？"特里劳尼先生问。

"还有一点，"船长说，"那就是泄密太多。"

"的确如此。"大夫同意道。

"我可以告诉你们我听到的，"船长说，"据说你们有一张某岛的地图，地图上标十字符号的地方就是藏宝之处，那座岛在——"他准确地说出了那岛的经纬度。

"我可从未告诉任何人有关岛的位置。"乡绅急忙说道。

"可船上的人都知道，先生。"船长说。

"李沃西，那一定是你或霍金斯说出去的。"乡绅大叫道。

"现在追究谁说出去已无关紧要。"大夫说。我看得出，他和船长都不理会乡绅的声辩。说实话，我不太相信乡绅的话，他太不守秘密了。不过这一次我却相信他的话，我们中谁也没有说出岛的方位。

"好吧，先生们，"船长继续说，"我不知道地图在谁那里，但我必须讲明，这件事即使对我和埃罗先生也必须告知，否则，我将提出辞职。"

"我明白，"大夫说，"你希望我们严守秘密，并期望我朋友的心腹们集中船上的所有武器弹药对船尾严加防守。换句话说，你担心发生哗变。"

"先生，"船长说，"我不想得罪你，但你无权诬蔑我。先生，任何一位船长如果有充分的理由说这句话，他不会再出海。至于埃罗先生，我相信他是一个绝对诚实的人。有几个水手也是诚实的，甚至其他的人都是诚实的。但我要对船的安全和船上每一个人的生命负责。我认为有些事情不对头，因此我请求你们采取一些防范措施，否则我只好辞职。我讲完了。"

"斯摩利特船长，"大夫微笑着说道，"不知你听过山与老鼠的寓言故事吗？请原谅，你的话使我想起了那则寓言。我敢打赌，你刚进来时就一定作好了某种打算。"

"大夫，"船长说，"你很有眼力，我来这里时就已作好了辞职的准备。我想特里劳尼先生不会同意的。"

"我不想听你唠叨，"乡绅生气地说，"如果不是李沃西在场，我早就叫你滚蛋了。现在我听完了你的陈述，我将照你的要求去做，不过我对你的印象只会更坏。"

"那只得听便，先生，"船长说，"你将来会明白我是尽到了职责。"

说完，船长便告辞了。

"特里劳尼，"大夫说，"出乎我的意料，我现在相信你总算招到两个正直的人到船上来：一个是船长，另一个是约翰·西尔弗。"

"西尔弗还行，"乡绅说，"至于船长，他真让人讨厌，我认为他的行为一点没有男子汉气概，更不像一名水手，一点不像英国人。"

"好吧，"大夫说，"我们再等着看吧。"

当我们来到甲板上时，水手们已经唱着号子开始搬运武器弹药，船长和埃罗先生站在一旁指挥。

这次重新安排深合我意。全船的布局作了一次大调整：六张铺位从中舱后部移到船尾客房，这组客房由左舷的走廊连通厨房和水手舱。这六张铺位原先准备让船长、埃罗先生、亨特、乔伊斯、大夫和乡绅占用。现在，其中两张给了我和雷德拉斯，而埃罗先生和船长睡到甲板上升降口里边去，升降口的两边已经被扩大，可以称之为后甲板客舱。当然，那房间十分低矮，但还能放下两张吊床，甚至大副对这种安排也表示满意。也许他对那班水手不放心，不过仅是猜测而已。而他究竟持何种意见，读者不久自会明白。

我们大家正忙于搬动弹药和铺位，这时高个儿约翰和最后几名水手坐着小船来了。

厨子像猴子般敏捷地爬上大船，他一看到船上一片忙碌的景象，便问道："喂，兄弟们，你们在干什么？"

"我们在搬运弹药。"有人答道。

"老天在上，"约翰惊呼出声，"如果搬来搬去，我们将错过早潮！"

"是我的命令！"船长简短地说。"你快到下面的厨房去，我的朋友，大家还等着吃晚饭。"

"是，是，船长，"厨子回答道，并举手行了个礼，立即转身奔向厨房。

"船长，这个人不错。"大夫说。

"也许吧，先生。"船长答道。他向正在搬运的船员叫道："小心，伙计们，小心些！"正当他跑向搬运弹药箱的水手们那边时，他忽然发现我正在仔细观看安置在甲板中央的一尊铜制旋转炮，"喂，侍应生，"他喝道，"别待在这里！到厨房去找活干。"

我赶紧跑开，身后只听见他大声对大夫说：

"我的船上不允许有人享受特殊照顾！"

读者可以相信，自那以后我同乡绅的看法完全一样，十分憎恨那位船长。

海上航行

那天我们整整忙了一晚上安置船上的各种东西，又接待了一船又一船乡绅的朋友，如勃兰德里等人，他们特地前来预祝他一帆风顺、平安返航。我以前在本葆将军客店从来没有像这样繁忙。到天将破晓时分，我已累得筋疲力尽，这时水手长吹响了哨笛，水手们开始站到绞盘扳手前准备起锚。我尽管十分疲倦，也不愿意离开甲板。简洁的命令，尖锐的哨声，在蒙眬的船灯光下奔向各自岗位的水手们——这一切对我来说是多么的新鲜、有趣。

"喂，伙计，给我们唱一支歌。"一个水手喊道。

"唱支老歌。"另一个喊道。

"好吧，兄弟们。"拄着拐杖站在一边的高个儿约翰立即唱起了那支我非常熟悉的歌：

　　十五个人争夺死者的皮箱——

接着全体船员齐声唱道：

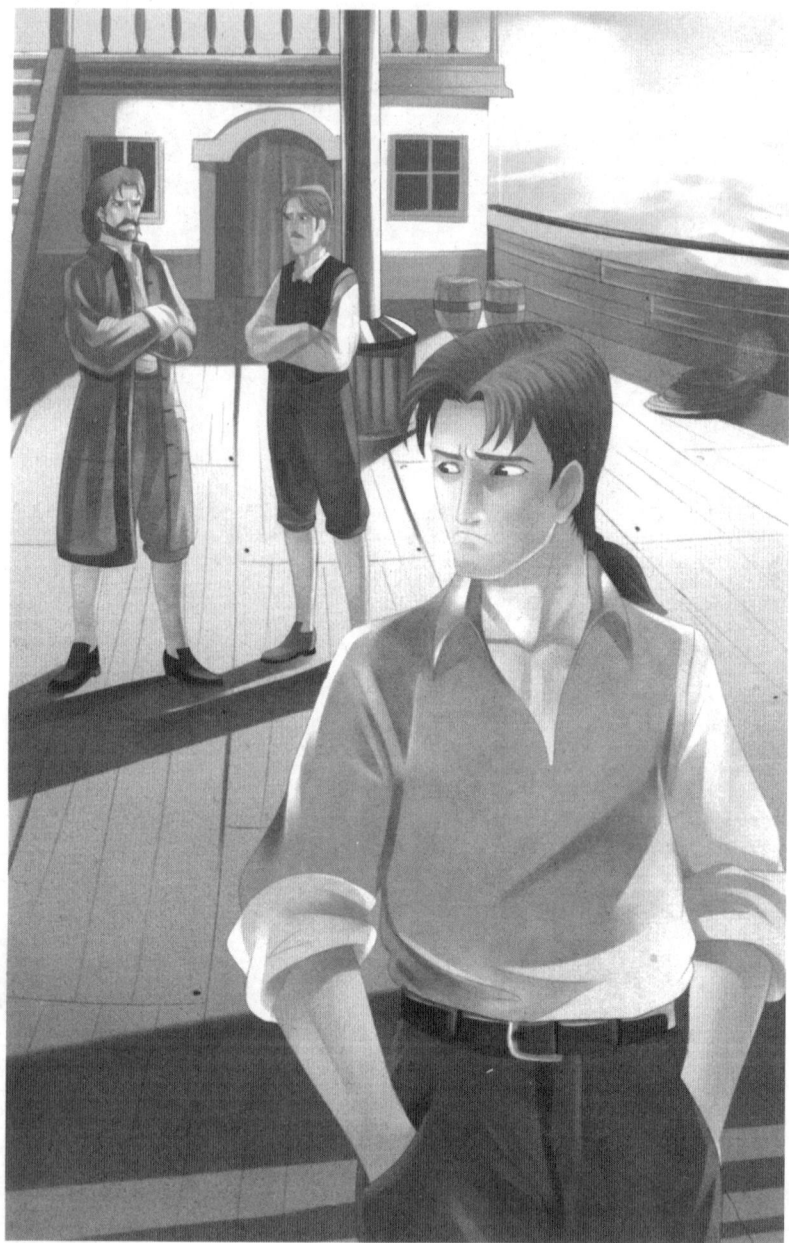

唷呵呵，朗姆酒一瓶！

当唱到第三个音节"呵！"时，大伙一齐用劲转动绞盘扳手。

在最激动人心的时刻，我不由想起以前本葆将军客店的情景，仿佛听到合唱声中充满那死去船长的响亮声音。

不一会儿，铁锚露出水面；又过了一会儿，它悬吊在船头，滴滴答答地往船上滴水；再过一会儿，风帆已升起，船开始驶离码头，陆地和其他船只逐渐从两边向后退。希斯帕诺拉号开始驶向金银岛后，我这才回到船舱休息了一小时。

我不打算详叙此次航行，总之一路顺畅。这艘船不仅性能好，而且船长十分内行，水手们个个能干。但在我们到达宝岛之前，发生了两三件事情，这里有必要叙述一下。

首先，埃罗先生的表现比船长所担心的还糟。他指挥不动任何水手，水手们在他面前为所欲为。但更糟的情况是：出海一两天后，他就开始醉眼惺忪、两颊通红地出现在甲板上，说话含糊不清，表现出一副醉酒的状态。他不时被命令回到甲板下面去。有时候，他摔倒弄破了皮肉；有时候，他整天躺在升降口一边的狭小铺位上；偶尔也有一两天他滴酒不沾，努力工作，至少做事能过得去。

然而，我们始终弄不清他是从哪里搞到的酒，这是船上的一大秘密。尽管我们随时可监视他，可还是揭不开这个谜。我们当面询问他时，要是醉了，他总会哈哈大笑；要是头脑清醒，他总是严肃地说，除了海水之外，他什么都没喝过。

作为大副，埃罗完全不称职，对身边的船员产生了不良的影响。很明显，如果照此下去，他很快就会彻底毁掉自己。果然，在一个风大浪高的黑夜里，他突然消失了，再也没人见过他。这件事情并没有引起任何人的惊讶或惋惜。

"一定掉到海里了！"船长说。"好呀，伙计们，免得我们用链条把他锁住。"

可这样我们便缺少了一名大副，因而必须从水手们中挑选一位。水手长约伯·安德森是最佳人选，尽管名义上称他水手长，但实际上他承担了大副的工作。特里劳尼先生曾经当过水手，他的航海常识也发挥了作用。天气好的时候，他常常亲自值班观望。副水手长伊斯莱尔·汉兹是一个谨慎老练、经验丰富的水手，在紧急关头，他几乎能处理好任何事情。

伊斯莱尔·汉兹和高个儿约翰·西尔弗交情颇深，谈到西尔弗，我不得不提提我们船上的厨师——水手们都管他叫老伙计。

上船以后，厨师用一根绳子把拐杖套在脖子上，这样两只手便可自由地活动。做饭时，他用拐杖抵着舱壁，身体支撑在拐杖上，任凭船身如何摇晃，他都像在陆地上一样稳稳当当地做饭，这真让人大饱眼福。更令人惊奇的是看他在风浪中行穿甲板，他在距离最远的空间拉了两条绳索供他攀扶，大伙称之为"高个儿约翰的耳环"。这样他手扶绳索，方便地从一个地方走向另一个地方，时而使用拐杖，时而把它挂在绳子上拖于背后，行走之快不亚于两条腿走路的人。但是，有几个以前与他一同出过海的人都叹惜他已大不如前了。

"他可不是一个普通的人，"副水手长对我说。"他少年时受过很好的教育，只要认真起来，他说话头头是道，就像背书似的；至于他的勇敢，恐怕连狮子也不能与他相比。我看见过他赤手空拳同四个人搏斗，抓住他们的头相互碰撞。"

所有的船员都尊重他、服从他，他与每一个人打交道都各有一套，使人人都对他感激。他对我始终十分友好，每次在厨房见到我都非常热情。他把厨房收拾得干净整洁，把碗碟擦得明亮并整整齐齐地摆放，在厨房的一角，他还在笼子里养了一只鹦鹉。

"过来，霍金斯，"他常常对我说，"来和我聊聊，孩子，我最喜欢的就是你。坐下来听我讲故事。这是弗林特船长——我用大名鼎鼎的海盗名字来称呼我的鹦鹉。这位弗林特船长预言我们的远航一定成功。喂，宝贝鹦鹉。你是不是这样说的？"

这只鹦鹉立刻急切地叫道："八个里亚尔！八个里亚尔！八个里亚尔！"直到它声嘶力竭，或者直到约翰用手帕捂住笼子，它才停止了叫声。

"我告诉你，小孩，"他说，"这只鸟大概有两百岁了，它寿命极长，除了魔鬼，谁也不会比它看到更多的罪恶。它曾经和著名海盗英格兰船长一起航行过。它曾到过非洲的马达加斯加、印度的马拉巴尔、南美的苏里南、北美的普罗维登斯、巴拿马的波多贝洛。它曾经见过怎样打捞那满载财宝的沉船，就是从那时起学会了叫'八个里亚尔'。这并不奇怪，霍金斯，因为当时捞起了三十五万枚西班牙银币。它还见过在果阿港附近印度总督号被劫的场景，看上去像个小孩子，可它嗅惯了火药味，历经险战，你说呢，弗林特船长？"

"准备行驶。"鹦鹉尖叫道。

"啊，这鸟多聪明。"厨师从衣服口袋里取出糖喂上去，可是鹦鹉却啄着笼栅不停地叫骂，它骂出的那些脏话几乎令人难以置信。约翰接着说："这叫近墨者黑，老弟。我这只可怜无知的老鸟骂起人来真厉害，它已改不了啦。即使当着牧师的面，它也脏话不离口。"一提到牧师，约翰总是十分虔诚地举手行礼，这使我更加认为他是世上最好的人。

与此同时，乡绅与斯摩利特船长的关系继续疏远，他对船长没有好感。船长则常常一言不发，即使开口，语气十分尖刻，说话也简短生硬，决不多说一个字。当他被再三追问，也只好承认以前对水手们的看法有点偏颇，水手们的确身手不凡，个个尽力尽责。至于这艘船，他十分喜爱。"不过，这船驾驶起来十分得心应手，比自己的妻子还要听话，"他总要添上一句，"我还是要说，这次航行尚未完成，我不喜欢这次航行。"

乡绅听后便转身离开，翘着下巴，在甲板上走来走去。

"这家伙如再这样唠叨不停，"他说道，"我可对他要不客气了。"

行程中我们遇到过几次恶劣的天气，这正好验证了希斯帕诺拉号船的优良性能。船上每一个人信心十足，如果不是这样，他们就未免太挑剔了。我相信自从诺亚驾舟出海以来，从来没有任何一条船上的船员如此这样纵容娇惯，他们随意找一个借口就可以喝双份酒，奇数日子还可吃到水果布丁。只要乡绅听说船员的生日，他总会在甲板上摆放一只开着盖的桶，里面盛满了苹果，任人享用。

"我绝不相信这样做会有好结果，"船长对李沃西大夫说，"这只会惯坏水手，使他们堕落，缺乏意志。"

不过，读者往下读便会知道，好结果正是从苹果桶里产生的，如果没有它，我们就不能提前得知消息，很可能我们全部遇害。

事情的经过是这样：

越过赤道时，我们尽量跟随信风行驶，以利把船送到我们的目的地（恕我不能讲得更加明白）。现在我们正日夜驶向宝岛，一路上不停地张望着四处。我们的航程最多只剩下一天了，说不定今夜或最迟明天中午以前我们就能望见金银岛。我们的航向是西南偏南，和煦的海风正好吹在船体的正面，海面波平浪静。希斯帕诺拉号稳稳地向前推进着，船首的斜桅不时被一阵飞溅的浪花所浸湿。上下各帆都鼓起了风帆，人人精神饱满，因为我们已靠近此次探险的目的地了。

日落黄昏时，我忙完了手中的活计，正要回到自己铺位上休息，忽然想吃一个苹果，于是，我跑上甲板。此时，所有的守望人员都在船头东张西望，希望看到海岛。副水手正留心帆船吃风的角度，他边看边悠然地吹着口哨。除了海水碰擦船首和船舷的刷刷之声，四周唯一能听到的声音就是口哨声。

　　我钻进苹果桶，发现里面除一个苹果外几乎全是空的。于是我索性坐在桶里。也许是暗淡的光线，再加上水声和船身的轻微摇晃，我不禁昏昏欲睡。这时，有一位身体强壮的人在桶边扑通一声坐了下来，他身体靠在桶上，桶身就晃动起来。我正想跳出去，那人却开口讲话了，他是西尔弗的声音。我刚听了开头的几句，立即决定无论如何不能暴露自己。我藏在桶里，怀着极大的恐惧和好奇心，颤抖着侧耳倾听。刚听完头几句话，我就明白了，船上所有好人的生命此刻都系于我一人之身。

苹果桶里听密谋

　　"不，不是我，"西尔弗说。"船长是弗林特，我因腿不便，只管掌舵。在一次舷侧炮齐射时，我失去了一条腿，老皮尤失去了一双眼睛。一位外科医生给我做了截肢手术，他大学毕业，精通拉丁文，但后来他跟其他人一样在科尔索要塞像狗似的被绞死，然后吊在太阳底下烤干。他们是罗伯特的部下，因为经常给他们的船更改名字而闯了祸，一会儿船叫'皇家福号'，一会儿又改称其他的名称。我认为，一旦船定了名，就应该永远沿用此名。'卡桑德拉号'就是这样，在英格兰船长夺取了印度总督号后，它仍把我们从马拉巴尔平安地送回家；还有弗林特的那条老船'海象号'也是这样，当时我看到那只船几乎被鲜血染红，所载的黄金快要把船压沉。"

　　"啊！"另一个人十分佩服地赞叹道，他是船上最年轻的一名水手，"弗林特真了不起！"

　　"戴维斯也是一条好汉，"西尔弗说，"不过我从未与他一起航海过。我最初是跟着英格兰干，后来又跟了弗林特，这就是我的经历。现在我可以说是自立门户了。我跟随英格兰时攒下了九百镑，后来，跟弗林特又积下两千镑，这对一个普通的水手来说已经了不起，钱都稳稳当当地存在银行里，这些钱不是靠赚来的，而是全靠节省余下的。现在英格兰手下的人去向我不知道，而弗林特的人大部分在这条船上，他们能吃到水果布丁已经很高兴了，因为他们中有些人曾经是乞丐。瞎眼的老皮尤真应感到害臊，他一年花一千两百镑，简直就像上议院的勋爵。他如今在哪里？死了，埋掉了。但两年来他一直食不果腹，非常可怜！他行乞，偷窃，杀人，可仍然饥肠辘辘，真该死！"

"看来干这一行最终没有什么好结果。"年轻的水手说。

"对傻瓜的确没有好处，你可明白这一点，对傻瓜讲，做啥都没用。"西尔弗说。"不过，你虽年轻，却十分聪明伶俐，我一眼就看出来了，因此在与你交谈时，我完全把你当做成年人看待。"

当我听到这个可恶的老骗子用曾经吹捧我的话来讨好另一个人时，我心里的滋味，大家可想而知。如果可能，我会透过木桶杀死他。此时，他继续往下说，完全没有料到有人正在偷听。

"冒险君子们大概都如此，他们生活放荡，不肯安居乐业。他们吃喝起来就像斗鸡般地吃喝，毫无节制。每次航海归来，他们的衣服口袋里都会有几百英镑，大部分人都拿这笔钱去吃喝，等到钱用完后，又两手空空再度出海。我可不是这样，我把所有的钱分别存到各处，每处存一点，哪儿都不存多，以免引起怀疑。告诉你，我今年五十岁，这次航行结束返回后，我就开始做一个真正的绅士。你也许要说，日子还长着呢。不过，那段时间生活得很愉快，整天过着吃得香、睡得甜的生活。当然，到了海上情况就不同了。你问我是怎样起家的？最初跟你一样，从当普通水手一步步干起的！"

"可是，"另外一个说，"你其余的钱财不是都丢掉了吗？此次航海结束后，你会不敢出现在布里斯托尔了。"

"你猜猜我的钱在哪儿？"西尔弗充满嘲弄的口气问着。

"总是在布里斯托尔的银行里或别的地方。"他的年轻的伙伴说。

"是的，"厨师说，"我们开始起航的时候，我的确存在那里，可我的老婆现已提取了所有的钱。西贝格拉斯酒店连同租房契约，商号信誉，各种设施及所有家当都卖掉了。我老婆已经离开那儿到约定的地方等我去了。我本想告诉你那是什么地方，因为我很信任你，但又担心会引起别的水手妒忌。"

"那么你信任你的妻子吗？"年轻人问道。

"碰运气绅士之间往往彼此不信任，"厨师说，"这也难怪他们，不过我自有办法。如果有人要算计我，我指的是认识我的人，老约翰跟他势不两立。过去有些人害怕皮尤，有些人害怕弗林特，可是弗林特本人怕我。他又是怕我，又是器重我，以我为自豪。弗林特手下那帮人是最难管教的，甚至连魔鬼都不敢跟他们一同出海。不是我自夸，现在一看到我跟大伙儿是多么融洽、亲和。当年我掌舵的时候，弗林特手下那帮老海盗家见了我比绵羊还温顺。啊，与我一起干，你会成功的。"

"现在实话告诉你吧，"年轻人说，"在和你谈话之前，我根本就不喜欢干这行工作，不过现在已改变主意，下定决心跟你一起干了，约翰。"

"好，你这个小伙子有胆量，人也聪明。"西尔弗说着热烈地握住他的手，以至于这木桶都晃动起来，"而且我还从没见过像你这样漂亮的冒险绅士。"

到此时，我才逐渐听懂"冒险绅士"这个黑话的含义。所谓"冒险绅士"就是海盗的代名词。我所偷听到的也许是西尔弗拉拢船上老实船员入伙的最后一道计策。不过，我很快得到宽慰，因为事情并非那么复杂。西尔弗轻轻地吹了一声口哨，又有一个人走过来和他们坐在一起。

"狄克是我们这边的。"西尔弗说。

"哦，我知道。"说话者竟是副水手长伊斯莱尔·汉兹。"狄克他人不傻，"他嚼了嚼口中的烟叶并吐了一口唾沫，"但是，我有事情要问你，老伙计，"他接着说，"我们这样慢慢吞吞，还要磨多少时间！我已经受够了斯摩利特船长的气，再也不愿在他手下干了。我真想马上住进房舱里去，把他们的泡菜、葡萄酒以及其他好吃的东西统统归我所有。"

"伊斯莱尔，"西尔弗说，"你的脑瓜儿实在不大好用，过去也如此，不过你还是要听其他人的劝告，因为你长有一对大耳朵，你必须牢记，在未接到命令之前，你仍和水手们待在一起，努力工作，讲话和气，控制饮酒。乖孩子，你要听我的话。"

"我并不是不听话，"副水手长嘀咕道，"我是问何时下手？"

"什么时候下手？"西尔弗叫道。"好吧，既然你想知道，我就告诉你：能拖到什么时候就尽量推延，我们船上有一流的船长为我们驾驶，乡绅特里劳尼和大夫带着地图，但我不知道藏在什么地方。你也不知道，对不对？所以，谢天谢地，我打算让特里劳尼和大夫去寻宝，然后帮咱们运到船上，届时我们再见机行事。如果我能信得过你们这群笨蛋的话，我还要让斯摩利特船长为我们驾驶，等到中途的路上，我们再下手。"

"你怕什么，我们船上的人都不是水手吗？"年轻人狄克说道。

"我们只不过是一群普通的水手，"西尔弗愤怒地说道。"我们的船能沿着航道行驶，但谁能确定航道？按我的想法，我吩咐船长在返程中至少把我们带进信风圈，那时我们才不会算错方向，不至于每天只能喝到一小勺淡水的地步。不过，我了解你们这帮人的能力。一旦金银财宝运上船，我就在岛上干掉他们，尽管这十分不仁。我知道，你们都是急功近利的家伙。真倒霉，我跟你们这群人一同出海。"

"别发火，高个儿约翰，"伊斯莱尔叫道，"谁惹你了？"

"我看见过多少大船被剿灭，多少小伙子被吊死在正法场，在太阳下被晒成鱼干，"西尔弗说道，"事情都坏在过于性急，只知道快，快，快，你听见我说的话了吗？我在海上见得多了。你们要是目标明确并能见风使舵，早已坐上马车、住公馆了。可是你们妄想实现！你们只盼望有朗姆酒喝，连死也不在乎。"

"大伙都知道你像牧师一样能说会道，约翰，不过也有几个人像你一样颇具指挥才能。"伊斯莱尔说，"他们喜欢及时行乐，而不是妄自尊大，对人冷淡，每个人都十分快活。"

"是吗？"西尔弗说。"可如今他们都在哪里呢？皮尤就是你说的那种人，他死的时候是个行乞的。弗林特也是这种人，结果在萨凡纳酗酒而死。啊，跟这些人做伴，虽然有趣，可惜如今他们都不在了。"

"但是，"狄克问，"等到他们落在我们手里的时候，我们怎么处置他们？"

"这个人说的话正合我意！"厨师赞赏道，"这才是正经事，那么，你有何打算？是用英格兰的办法把他们流放在孤岛、荒漠上，还是用弗林特或比尔·蓬斯的做法把他们像一头猪那样宰了？"

"比尔确实是那样的人，"伊斯莱尔说，"他常说：'死人不咬活人'。现在他自己成了死人，对于这句话有亲身体验了。如果要说心狠手辣，比尔算得上一个。"

"你说得对，"西尔弗说，"比尔心狠手辣，但我却比较温和，比较宽宏大量，有君子风度，但这一次情况非同一般，我必须公事公办，我主张处以死刑。如果我当上了国会议员，坐上了自己的马车，我可不想那个在特舱里耍嘴皮子的家伙意外地回家来、像魔鬼做祈祷似的令人大吃一惊。我主张静候时机，一旦时机成熟，绝不能轻易放过。"

"约翰，"副水手长叫道，"你真是个天才！"

"等将来你亲眼看到了便自会相信，"西尔弗说。"我只有一个请求，把特里劳尼交给我，我要亲手把他的狗头拧下，狄克！"

他突然话头一转，"好孩子，起来到桶里给我拿一个苹果，我要润润嗓子。"

读者可以想象我当时是如何的惊恐！如果我有力气的话，我就跳出桶中逃命了，但四肢无力，吓呆了。我听到狄克已经站起，这时似乎有人把他拉住了，接着是汉兹的声音："嗨，约翰，你怎么喝桶底的脏水。我们来喝一杯酒吧。"

"狄克，"西尔弗说，"我相信你，我在酒桶上放有一个量杯。这是钥匙，你去倒一小杯，端上来。"我当时虽然十分恐惧，仍不由想到，原来埃罗先生就是从约翰这里弄酒喝，这才毁了性命。

狄克刚走不久，伊斯莱尔便凑在厨师耳边低声细语。我只能听出一两句话，却获得了一个重要消息。除了几句意义相同的片言只语，我听到整整一句话："他们中不会再有人加入我们的行列了。"可见船上还有我们志同道合的人。

当狄克回来后，这三个人依次举杯祝酒。其中一个说："祝我们一切顺利；"另一个说："祝老弗林特保佑我们；"西尔弗的祝词像一支歌："祝我们万事顺利，但愿金银满舱，富贵，欢庆长久。"

这时一道亮光射进桶内，照在我身上，我抬头一望，发现天空升起一轮明月，照得尾桅的顶部银光闪闪，前桅帆的顶上也雪白明亮。几乎与此同时，从瞭望哨传来了欢呼声："哦，看见陆地了！"

军事会议

甲板上立刻响起了一阵急促的脚步声,我听到大家纷纷从房舱和前舱跑出来。我迅速跳出苹果桶,钻到前桅帆后,然后跑向船尾,走上宽阔的甲板,正好遇到亨特和李沃西大夫,便跟他们一起冲向船首。

船头上已聚满了全体船员,随着月亮的上升,一层薄雾立刻消散了。在我们的西南方,有两座相距约两英里的小山,在其中一座的后面还有一座更高的山,它的峰顶笼罩在雾中。三座山似乎都十分陡峭,形如圆锥。

我犹如在梦中看见这一切,因为我还没有从一两分钟前的惊吓中恢复过来。这时我听见斯摩利特船长发布命令的声音,希斯帕诺拉号的船身与风向更接近了两个罗经点,现在正从东边驶向海岛。

“伙计们,”等拉紧脚绞索后,船长说,“你们中有谁以前见过那片陆地?”

“我见过,船长。”西尔弗说,“我以前在一条商船上当厨子的时候,曾去那里取过淡水。”

“我想锚地大概应在南面那个小岛后面吧?”船长问。

"是的，先生，他们称那地方为骷髅岛，曾是海盗的重要聚集地。当时我们船上有一位水手非常熟悉此地的外形地貌。靠北面那座山叫前桅山，三座山并排向南延伸，分别叫做前桅山、主桅山和后桅山。而主桅山，也就是其中那一座直冲云端的大山，通常被叫做西贝格拉斯山，因为海盗在此下锚修船时，总要在这山上设瞭望哨。船长，那儿就是他们清理船的地方。"

"我这里有一张地图，"船长说，"你看看是不是那个地方？"

高个儿约翰接过地图时，两只眼睛都傻了，我一看就知道他肯定大失所望，因为图的纸色还很新。这不是我在比尔·蓬斯箱子里所找到的那张原图，而是一份精工绘制的复本，上面标着所有的地点、山高和水深，唯独没有红十字标记和文字附注。尽管西尔弗十分气愤，但他还能沉住气，不动声色。

"是的，船长，"他说，"正是这个地方，这幅图画得十分精确，不知是谁画的？我想海盗是画不出这么好的图。啊，这里写着'基德船长锚地'几个字，当时同船的伙伴就是这样叫的。那里有一股自北向南的激流，绕过西海岸后向北流去，船长，"他继续说，"你最好改变航向，让船处在岛的上方。如果你打算驶入港湾，在那里停泊，那可是这一带水域中最合适的地方啦。"

"谢谢你，"斯摩利特船长说，"以后我还会请你给我们帮忙，你可以走了。"

约翰直言不讳他对海岛情况的熟悉，他镇定自若的表现令我十分吃惊；当他向我走来时，我甚至有点心慌。当然，他不知道我躲在苹果桶里已偷听了他的阴谋诡计，此时我已对他凶狠残忍、两面三刀的本性和他的影响力而惊愕不已，所以当他突然把手放在我肩膀上时，我不由得打了个寒战。

"嘿，"他说，"这个岛可真是个好地方，像你这样的小伙子应该上去玩玩，你可以洗澡、爬树、打山羊，也可以像山羊一样攀上山峰。一想起这些，我感觉自己变年轻了，甚至忘记了我的木腿。年纪轻轻，四肢健全，这是最愉快的事。如果你想上岛探测，只要告诉老约翰，我一定会给你准备好路上吃的东西。"

说着，他极其友好地拍了一下我的肩，然后一瘸一拐地下厨房去了。

斯摩利特船长、特里劳尼乡绅和李沃西大夫他们都聚集在后甲板上谈话，我虽然想急于告诉他们我听到的秘密，但仍不敢贸然前去打断他们。我正思索着如何办，这时李沃西大夫把我叫到他身边，称他的烟斗忘在下面房舱了。他吸烟成瘾，因此叫我去把烟斗拿上来。我趁机走到他身旁，低声说道："大夫，我有话要告诉你，你让船长和特里劳尼先生到房舱去，然后找个借口叫我进去，我要告诉你们可怕的秘密。"

大夫脸色略变，但很快恢复了镇静。

"谢谢你，吉姆，"他高声说道，"好，我要知道的就是这些。"他说话的口气好像是刚才在问我一件事情似的。

说完，他就转身继续和另外两人交谈，他们一起交谈了一会儿，没有一个人惊慌失措，或提高嗓门，或吹起口哨，但显然李沃西大夫已把我的话转告他们了。紧接着，我听见船长命令约伯·安德森把全体水手召集到甲板上来。

"兄弟们，"船长说，"我要对大家讲几句话，我们看到的这片陆地正是我们航行的目的地。特里劳尼先生十分慷慨大方，这是大家有目共睹的。他刚才问起我船上的情况，我说全船人员个个尽职，我十分满意。现在，船主和我以及李沃西大夫要到房舱里为你们的健康和幸福举杯庆贺。船主也准备了点酒，让你们也能为我们的健康和幸福喝上一杯。我认为特里劳尼先生这一做法确实漂亮无比，如果大家同意我的看法，那就为这位绅士热情欢呼吧！"

接着就是一阵欢呼声，这是理所当然的，但他们喊得如此响亮而真诚，我简直不敢相信，要谋害我们的就是这些人。

"让我们再为斯摩利特船长欢呼一次。"当第一次欢呼声停下后，约翰高声建议道。

这一次欢呼声同样热烈。

在一片欢呼声中，三位绅士到房舱下面去了，没过多久，里面传话叫吉姆·霍金斯进去。

我走进房舱时，他们三人围坐在桌子旁边，上面摆着一瓶西班牙葡萄酒和一些葡萄干，大夫已脱下假发并不停地抽着烟，我知道这是他心情激动的表现。那天是一个暖和的夜晚，透过后舱开着的窗门，我们可以看到月光照在船尾的水波上。

"喂，霍金斯，"乡绅说，"你不是有话要讲吗？快说吧！"

我遵命照办，立即用最简洁的语言叙述了西尔弗谈话的内容要点。一直到我说完，三位先生没有一个人打断我的话，甚至没有一个人动弹，但他们的眼睛自始至终盯着我。

"吉姆，"李沃西大夫说，"请坐下。"

他们让我坐在他们旁边，给我倒了一杯葡萄酒，往我手里塞了好多葡萄干，三人依次为我的健康、幸运和勇敢而举杯庆贺。

"现在，事实证明你是对的，船长，"乡绅说，"而我却错了，笨得像一头蠢驴。一切照你的吩咐办吧。"

"先生，我也差不多，"船长答道，"我从来没有遇到过水手酝酿叛变而不露痕迹，任何人看见了隐患都会采取预防措施。但这一批水手，"他接着说，"完全把我们蒙骗了。"

"船长，"大夫说，"这全是西尔弗策划的，他是个不同寻常的人，我想你也会同意的。"

"他要是被吊在帆桅上，那才不同寻常呢，"船长说。"不过这只是说说而已，还不能成为现实。如果特里劳尼先生允许，我就说出我的三四点想法。"

"先生，你是船长，我们一切听你的。"特里劳尼先生严肃地说。

"首先，"船长说，"我们必须继续前进，不能返回原路。如果我下令返回，他们立即就会叛变。第二，我们有充裕的时间准备，至少要等到发现宝物以后。第三，船上还有一部分忠实于我们的水手，哗变只是一个时间迟早的问题。我建议按照成语所言'伺机而动'，趁他们毫无准备之时给他们狠狠一击。特里劳尼先生，我想你自己的家仆应该可靠吧？"

"绝对可靠。"船长说。

"三个，"船长数道，"加上我们自己，一共是七个，霍金斯也在内。此外，水手中有几个人靠得住？"

"大部分是特里劳尼雇来的人，"大夫说，"那些人是他在遇到西尔弗以前选定的。"

"不一定，"乡绅说，"汉兹是我挑选的。"

"我原来认为汉兹靠得住。"船长说。

"他们都是英国人呢！"乡绅愤怒说道，"我真恨不得炸掉这条船！"

"伙伴们，"船长说，"我实在想不出更好的办法，但我们必须沉住气，伺机而动。我知道这是一件很难的事，长痛不如短痛，不过，在没有摸清情况之前，我们最好别轻举妄动，否则无济于事。我的意见是摸清情况，静候良机。"

"吉姆对我们的作用比任何人都大，"大夫说，"他和水手们的关系融洽，而又十分细心。"

"霍金斯，我绝对信任你。"乡绅补充说。

我对此深感不安，因为我觉得自己毫无办法，然而奇怪的是，事态的发展竟然使我成了力挽狂澜的人物，一切平平安安。同船的二十六个人中只有七个人我们知道是可靠的，而在这七个人中还有一个是男孩子，因此，我们只有六个成年人要对付他们十九个人。

第三部　岸上遇险记

我的岸上惊险奇遇

第二天早晨，当我走上甲板上时，发现那个岛完全变了样。虽然，风已经停了，我们的船在夜间还是行走了一大段路程，现在正安然地停泊在地势较低的东海岸东南约半英里之处。岛上的大部分地方覆盖着灰色的树林，这素净的色彩却又被一条条带状的黄沙低地和许多高大的松树所点缀，有的昂然挺立，有的成片生长，高出其他树木，但整个色调给人的印象是单调，暗淡。每一座山的山顶上都生长着尖塔般的光秃秃的岩石，形状奇特，其中被称作西贝格拉斯的那座山比岛上其他的山高出约三四百英尺，其外形最为奇特：它的每一个坡面都十分陡峭，到了山顶突然变得十分平坦，犹如一个安放雕像的石基座。

海水的波动颠晃着行驶中的希斯帕诺拉号，甚至淹没了排水孔。帆的下桁像要扯下滑车，舵板左碰右撞砰然作声，整个船身就像一所作坊，叽叽轧轧直响，不停地左右摇晃。我只觉得天旋地转，不得不紧紧抓住后索缆。在以前的航海中，我从未感觉不舒服，从未晕船；但也从未像现在这样站立不动像只瓶子似的转个不停，更何况是在腹中空空的早上，我禁不住呕吐了。

也许是由于晕船，也许是由于岛上阴郁的树木和光秃秃岩石的山顶，或是由于耳闻目睹的浪击陡岸的飞沫和轰鸣声——总之，尽管阳光灿烂而又暖和，岸上无数海鸟在我们周围呱呱地叫着啄食鱼类，按理说在海上待了那么久，谁都想上岸走走，然而我却相反，情绪低落，无精打采。自从第一眼望见这个岛起，我就对这个藏有财宝的海岛毫无深情。

那天上午我们做了许多事，由于海上无风，我们只有把小船放入水中，每一只小船配备了若干人，大家用绳索拉着大船沿着岛角划了三四英里，穿过一条狭窄的海峡进入骷髅岛后面的港湾。我自告奋勇跳上一只小船，其实我并没有什么事情可做。当天太阳很大，水手们一边干活，一边大发牢骚。安德森指挥我坐的这条船只，他非但不制止水手们，反而自己骂得又脏又响。

"瞧吧，"他边说边骂，"反正这活快干到头了。"

我认为这极其不祥。直到现在，船上所有水手们干工作还是尽职尽责，但一看见这个岛，大家都松懈了。

在船驶入海湾路上，高个儿约翰始终站在舵手旁边指引航路，他对这条航道了如指掌，尽管测量出的水深每一处都比图上注明的更深，约翰却从未犹豫。

"这里退潮时海浪冲击大，"他说，"因此冲走了许多泥沙，这条航道被挖得很深，就像用铁铲子铲过一样。"

我们就在图上标明的停泊处停船，距离两岸各约三分之一英里：一边是主岛，另一边是骷髅岛。这里的海水清澈见底，我们下锚时的响声惊吓了成群的鸟儿，它们盘旋在树林上空惊叫着。可是不到一分钟，它们全都飞回原处，四周又一片寂静。

我们停泊的地方四周全是树林密布的陆地，树木一直长到高水位线达到的地方，海岸地势平坦，几座山峰环立在远方，看似一个半圆形。有两条小河，或者说是两片沼泽，流入这个像池塘的港湾。

这一带岸上的植物叶子都带着一种像是有毒的光。我们在船上既看不见房屋，也看不见栅栏，全被树遮住了。要不是升降口挂着的那张图，我们可能是该岛露出海面来第一批在此下锚的人呢。

空气中没有一丝风，也没有一点声息，只有半英里外传来海浪冲击海岸、拍打岩石的涛声。锚地上空有一股奇怪的霉味——像是树叶、树干腐烂的臭味。我发现大夫不停地嗅来嗅去，仿佛在闻一只臭鸡蛋。

"我不知道这儿有没有宝物，"他说，"但我敢打赌，这里一定会有黄热病。"

在划小船的时候，水手们的行为引起了我的担心，他们回到大船后，简直咄咄逼人，躺在甲板上，聚集在一起愤怒地交谈着。命令他们做一点小事情，都会遭到白眼，即使做了，也是敷衍了事，极不情愿。甚至最老实的水手也感染了这股坏风气，船上没有一个人会纠正别人的行为，也不肯听从别人的意见。显然，暴乱的危机就像雷雨前的乌云笼罩在我们头上。

这种危机的发现不仅是我们住在房舱里的人，高个儿约翰也奔波于船员之间，竭尽全力进行劝说，处处做好带头作用。他积极主动、恭敬顺从，对每一个人都报以微笑。一听到有命令，他立刻拄着拐杖，高兴地连声应道："是，是，先生。"在空闲的时候，他就一首接一首地唱歌，以借此遮掩其余水手不满的情绪。

在那个危机四伏的下午，满脸焦虑的高个儿约翰表现出最不祥的预兆。

于是我们在房舱里开会商讨对策。

"伙伴们，"船长说，"如果我再冒险下一道命令，全体船员就会一哄而起发生变乱，这局面大家也看到了，刚才我不是遭到了他们的无礼吗？我要是回敬吧，立刻就会有长矛飞来；如果对此不予理睬，西尔弗就会看出问题，那就全完了。现在我们只有一个人可以依靠。"

"那人是谁?"乡绅问。

"西尔弗,先生们,"船长回答道,"他和我们一样急于稳定局面。这是一次小冲突,他只要有机会就会立刻劝阻他们,所以我主张给他提供这样的机会,我们准许水手们下午上岸去,如果他们统统上岸,我们就把船夺回来,掌握在自己手中。如果他们一个也不去,那我们就坚守房舱,听天行事,静观事态。如果有几个人上岸去,我敢确信,当他们同西尔弗返回船上时,个个就会像绵羊一样温顺。"

事情就这样决定了。装了弹药的手枪很快发给了所有可靠的人。亨特·乔伊斯和雷德拉斯听了情况介绍后,并不像我们所预料的那样吃惊,相反却斗志高昂,于是船长走到甲板向全体船员讲话。

"兄弟们,"他说,"今天天气很热,我们做了一天的工作,大家都已筋疲力尽,你们可以上岸去玩一玩,放松放松。小船仍放在水中,谁愿意去都可以。在日落前半小时我会通过放炮声音通知大家回来。"

那些蠢家伙一定认为他们一上岸就能在脚下发现珍宝,因此个个喜上眉梢,欢呼雀跃声在远处山中激起回响,再次惊吓得鸟儿四处乱飞,盘飞在锚地上空呱呱直叫。

聪明的船长不愿妨碍西尔弗发号施令,因此立刻走开了,以便让西尔弗安排一切。我认为船长的做法很对,如果继续待在甲板上,他就再也不能假装糊涂了。事情非常清楚,西尔弗已在履行船长的职责,他手下有一大帮试图谋反的水手。而那些忠实的水手——不久我发现船上还是有这样的人——大多反应迟钝。我猜想实际的情况是:全体船员在领头者西尔弗的影响下都学坏了,只不过程度不同而已。少数几个心地善良的人不愿被引诱或强迫走得太远。吊儿郎当悠悠闲闲是一回事,但是他们劫夺船只、滥杀无辜又是另一回事，两者完全不一样。

终于一切安排妥当，六个人留在船上，其余十三人包括西尔弗在内，开始分乘小船上岸。

这时，我忽然想到一个十分疯狂的念头，多亏了这个念头我们后来才得以死里逃生。既然西尔弗留下六个人在船上，很清楚我们不可能把船夺过来。同样也很清楚，船舱并不急需我帮忙，于是我立即决定上岸去。说时迟，那时快，我迅速翻过船舷，爬到最近一只小船的船首。几乎就在同时，小船开始撑离大船。

谁也没有注意我，只是前桨手说了一句："是你啊，吉姆？把头低下去。"但坐在另一只小船里的西尔弗用犀利的目光望着我们的船，并大声查问究竟是不是我。从那时起，我开始后悔不该这样做。

水手们飞快地划向岸边，我乘坐的小船船身较低，桨手技术高超，因而遥遥领先。小船的船头很快插入岸边的树木之间。我攀着一根树枝，纵身一跃，钻进岸上的丛林之中，而此时西尔弗和其余的水手还在后面一百码以外。

"吉姆，吉姆！"西尔弗大声喊道。

我当然没有理会，连蹦带跳，一会儿钻入草丛，一会儿越过灌木丛，一路直奔，直到我再也跑不动为止。

第一次打击

我心中非常庆幸在岸上能摆脱高个儿约翰，便兴致勃勃地开始欣赏这块陌生岛屿的风光。我穿过长满杨柳、芦苇和稀有湿地树木的沼泽地，走到一处空旷沙地的边缘，这沙地高低不平，长约一英里，上面稀疏地长着几株松柏，不过大量枝干弯曲似橡树，树叶浅绿如杨柳树。沙地的远方有一座双峰小山，它的两个奇特而陡峭的尖顶在阳光下耀眼夺目。

我这才第一次体会到探险乐趣。在这荒无人烟的海岛上，和我同船来的水手已经远远地被我甩在后边，除了不会说话的鸟兽，没有人出现在我的眼前。我在树林里东游西荡，不时遇见许多我叫不出名字的奇花异草，偶尔还见到几条蛇，其中有一条蛇从岩石缝隙里昂起头来，向我发出一种像陀螺旋转的咝咝声。我根本没有想到那是一条能致人于死地的响尾蛇，从它尾端的环发出响亮的声音。

接着我穿过一片长长的、形似橡树的树林，后来听人说这种树被称作常青橡树。它们像刺藤似的矮矮地生长在沙地上，树枝奇形怪状地扭曲着，树叶长得浓密，像茅草屋顶。丛林从一座沙丘顶上延展下来，越往下走，树就分布越广，长得越密、越高，一直蔓延到一片广阔的芦苇塘边，附近的一条小河就是经过这里流入锚地的。沼泽地在强烈的阳光照射下直冒着蒸汽，西贝格拉斯山的轮廓在蒸腾的水雾中依稀可辨。

突然从芦苇丛中传来一阵沙沙声，只见一只野鸭嘎的一声飞起，接着又飞起了一只，顷刻间一大群浮云似的野鸭布满了沼泽地上空，在半空中嘎嘎叫着打旋。我立刻断定有几个同船的水手正沿着沼泽地走过来。果然不出所料，我很快就听到有人在很远的地方低声说着话，我继续凝神细听，那声音愈来愈响，愈来愈近。

我备受惊吓，随即藏到靠近的一棵常青橡树下，蹲在那里像老鼠一样一动不动地屏息静听。第一个声音在答话，随后第一个声音——现在我听出是西尔弗的声音——继续滔滔不绝地讲了很长时间，另一个声音只偶尔插一两句话。从语调上听来，两人的谈话十分认真，甚至相当激烈，但我却一个字也没听清楚。最后，两人似乎停止了谈话，也许是坐了下来，因为不仅他们没有再前进，连野鸭群也逐渐安静下来，重新回到原来的栖息地。

这时我才意识到自己的失职，既然我与这些亡命之徒上了岸，至少应该偷听到他们商讨的内容。此刻明摆在我面前的任务就是：用树叶作掩护，尽可能地靠近他们。

我能非常准确地断定那讲话人所在的方向，因为除了谈话的声音还有一个特征，即可数的几只鸟仍飞旋在不速之客的头顶上。

我手脚并用，缓慢而坚定地朝着他们那边匍匐前进，最后，我抬起头，从树叶的缝隙里望出去，可以清楚地看到沼泽地旁一小块草木葱葱的谷地，高个儿约翰·西尔弗和一个水手正面对着站在那里谈话。

太阳直照到他们身上，西尔弗扔掉帽子，他那光滑、白皙的宽脸盘上直冒着汗，闪闪发光，他正对着另一个人的脸，似乎在努力说动对方。

"伙计,"他说,"因为我把你看成沙里的金子才这样对你说,你与众不同,你可以相信我的话!如果不是我喜欢你,难道我会在这里对你发出警告吗?一切都已经决定了,你改变不了局面,我这样说全是为了保住你的命,要是那帮不顾死活的家伙知道了,他们会怎样处理我?你说,汤姆,他们会怎样收拾我?"

"西尔弗,"另一个说。我观察到他不仅满脸通红,而且说话的声音像乌鸦般沙哑,像绷紧的绳索那样颤抖。"西尔弗,"他说,"你已经老了,人也诚实,至少有这样的好名声。你有钱,这是许多穷水手所没有的。如果我没看错人,你也十分勇敢。你说你到底要不要脱离那帮家伙?你不愿吧?至于我,我可以向上帝发誓,即使砍掉我一只手,我也决不违背自己的良心。"

突然,一声杂音打断了他的话。我刚在这里找到了一位忠实的水手,也就在此时,我又得到另一个人的消息。在离沼泽地较远之外突然响起一声愤怒的叫喊,紧接着又是一声,然后是一声令人恐怖的尖叫。西贝格拉斯的峭壁响起一阵阵回音,惊起沼泽地里的野鸭再次振翅齐飞,顿时遮蔽了半个天空。过了许久,我的脑海中仍萦绕着那声临死前的惨叫。四周又恢复了平静,唯有野鸭飞落地时的扑翼声和远处汹涌澎湃的波涛声打破了午后沉闷的气氛。

汤姆闻声跳起,像马被踢了似的一跃而跑,而西尔弗连眼睛都不眨一下,他仍挂着拐杖站立原地,像一条伺机跃起咬人的蛇,双眼直盯着他的同伴。"约翰。"那水手边说边伸出他的手。

"不许碰我!"西尔弗吼道,同时猛地向后跳了一码远,其动作非常迅捷和稳当,仿佛一位训练有素的体操家。

"我可以不碰你,约翰·西尔弗,"汤姆说。"你心虚当然就怕我。看在上帝的份上,告诉我发生了什么事?"

"你想知道出了什么事?"西尔弗微笑着,然而却笑得极不自然。他的眼睛在他那张大面孔上小得如针尖,但却似玻璃珠那样闪闪发光。"你问那边发生了什么事？我猜想是艾伦。"汤姆一听此话勃然大怒，像勇士般的反驳道。

"艾伦！"他高呼道。"愿这位真正水手的灵魂得到安息！至于你约翰·西尔弗，我们以前是朋友，但现在你再不是我的朋友了。我与其无声无息地死去，不如为尽到我的职责而死。你们杀害了艾伦，难道不是吗？你们要是做得到，把我也杀了吧，可是我不会与你们同流合污。"

勇敢的汤姆说完就转身走向海边，但没走远。约翰大喊一声，攀住一根树枝，从腋下抽出拐杖，把它当做标枪投向前去，标枪凶猛有力，正好击中了汤姆两肩间的背脊中央。汤姆突然高举两条胳膊，发出一阵喘息声，然后跌倒在地上。

无人知道他的伤势状况，根据声音判断，他的脊梁骨很可能当场就被打断了，再也没有恢复的机会。西尔弗虽跛着脚，扔掉了拐杖，人却像猴子般灵敏，瞬间就跳到汤姆身旁，在那毫无抵抗能力的汤姆身上连续猛戳了两刀。从我隐藏的地方，我能听到西尔弗插两刀时的喘气声。

我虽不知道什么是昏厥，但我确实明白，在接下来的几分钟里，整个世界像一团旋涡似的迷雾从我面前飘离而去。西尔弗、野鸭群以及高高的西贝格拉斯山顶都在我眼前旋转，我的耳边则不停地响起各种不同的钟声和从远处传来的叫声。

等我苏醒过来，西尔弗这恶棍早已恢复常态，戴好帽子，拐杖夹在腋下。汤姆一动不动地躺在前面的草地上，可是西尔弗连看也不看他一眼，只顾抓了一把青草把沾有血迹的刀擦了一遍。一切依然如故。太阳无情地照烤着冒蒸汽的沼泽地和高高的山顶，我真难以相信：凶案已经发生，我亲眼目睹有人被残忍地杀死了。

这时约翰的手伸进自己的口袋，掏出一只哨子，吹出不同音调的哨音，很快传开了。我当然不知道哨音的含义，但它立即引起我的恐怖。一定会有更多的人要到这里来，我也许会被发现。两个正直的人已被他们杀害，难道我将成为汤姆和艾伦遭毒害之后的第三人？

我立刻想方设法脱身，以最快的速度又悄悄地爬回树林中那一片空阔的地方。我一边逃离，一边可以听到西尔弗同他的那一伙人互相呼应的声音，这声音促使我跑得更快。我一离开树林便拼命奔跑，几乎来不及辨认逃跑的方向，只求能远远地避开那伙人。我跑得越快，心里就越恐怖，最后简直要发疯了。

可想，还有谁比我更倒霉？等到鸣炮时，我怎么敢上小船和那帮沾有血腥味的杀人魔鬼同在一起？他们中任何一人看见我，就会拧断我的脖子。如果我不回去，这就意味着我心虚，我什么都知道了，知道了他们的杀人勾当。我心想，这一切都完了，永别了，希斯帕诺拉号；永别了，乡绅、大夫、船长！除了饿死或死于那些叛乱分子之手，我别无出路了。

我边想边跑，不知不觉来到那座双峰小山脚下。在海岛这里，常青橡树长得更为高大，形状更像林木。林中间或有几棵高大的松树夹杂其间，有的高五十英尺，有的足有七十英尺，这里的空气比下面沼泽地旁更为清新。

就在这个地方，又一种新的危险来临，吓得我裹足不前，心中怦怦直跳。

岛中人

小山的一侧陡峭而多石，许多沙砾喀嚓喀嚓地穿过山坡上的树木纷纷落下。我双眼本能地朝落石方向望去，只见一个身影以极其敏捷的动作跳到一棵松树背后。那究竟是熊，是人，还是猴子，我也说不准。反正是黑乎乎、毛茸茸的，其余的我就什么也不知道了。这个怪物的出现吓得我不敢向前，只得止步观望。

现在我是走投无路，腹背受敌：我后面是一伙杀人凶手，前面又潜伏着不可名状的怪物。我当即意识到，与其遭遇未知的危险，莫不如去面对已知的危险。跟这个林中怪物相比，西尔弗并不那么可怕。于是我转过身子向停小船的方向跑去，一边跑，一边警惕地不时回望身后。

突然那怪物又出现了，它绕了一个大圈子，然后又追到我的前面。我当时十分疲乏，即使像早晨刚动身时那样精力充沛，现在跟这个怪物比速度也是徒劳的。那家伙像一头鹿似的飞蹿在一棵棵树干之间，像人一样用两条腿奔跑。但和我见过的任何人都不同，当它跑时，身子弯得头几乎要触着地。然而这的确是一个人，对此我不再怀疑。

　　我随即回忆起以前听说过的食人者的故事，立刻就想高呼救命。但想到他是个人，尽管是个野人，我紧张的心开始舒缓下来，又相应地唤醒了对西尔弗的恐惧。我从快跑中停了下来，思考着逃跑的对策。这时，我猛然想起随身带着的手枪，一想到自己并非手无寸铁，我勇气倍增。于是我迈着轻快的步伐，勇敢地走向这个岛中人。

　　那时他正躲藏在一棵树干背后，正严密地监视着我，因为我刚向他那一边走动，他立即重新露面并向我这边迈出一步。然后他有些犹豫，又后退一步，又前走一步，最后令我惊讶的是，他跪倒在地上，伸出他紧握的双手苦苦地哀求着。

　　我只好再次停下脚步。

　　"你是谁?"我问道。

　　"本·冈恩，"他答道。他的声音沙哑呆滞，像一把生锈的锁。"我是可怜的本·冈恩，三年来我没有和一个人说过话。"

　　现在我看出他和我一样是白人，他的相貌还讨人欢喜。他暴露在外的皮肤全晒黑了，甚至嘴唇也是黑乎乎的，一双碧眼在深色的脸上显得十分突出。在我所见过或想象的乞丐中，他穿得最为破烂。他身上穿的全是从旧船帆和旧水手服上撕下的破布条，而且这身与众不同的衣服是由各式各样的物件如铜纽扣、细枝条、涂柏油的麻絮等连缀而成的。他腰间束着一跟黄铜搭扣的旧皮带，这是他全身服饰中唯一结实的东西。

　　"三年!"我惊呼道。"你是遭遇船难才这样的吧?"

　　"不是，朋友，"他说，"我是被放逐到荒岛上的。"

　　我听说过"放逐孤岛"这个说法，知道是海盗们常使用的一种残酷惩罚手段，受罚者被放逐到一个遥远的荒岛上，只给他留下一点点弹药。

　　"三年前我被放逐到这里，"他继续说，"这些年我一直以山羊肉、野果和牡蛎充饥。我认为，一个人无论到什么地方，总会想法

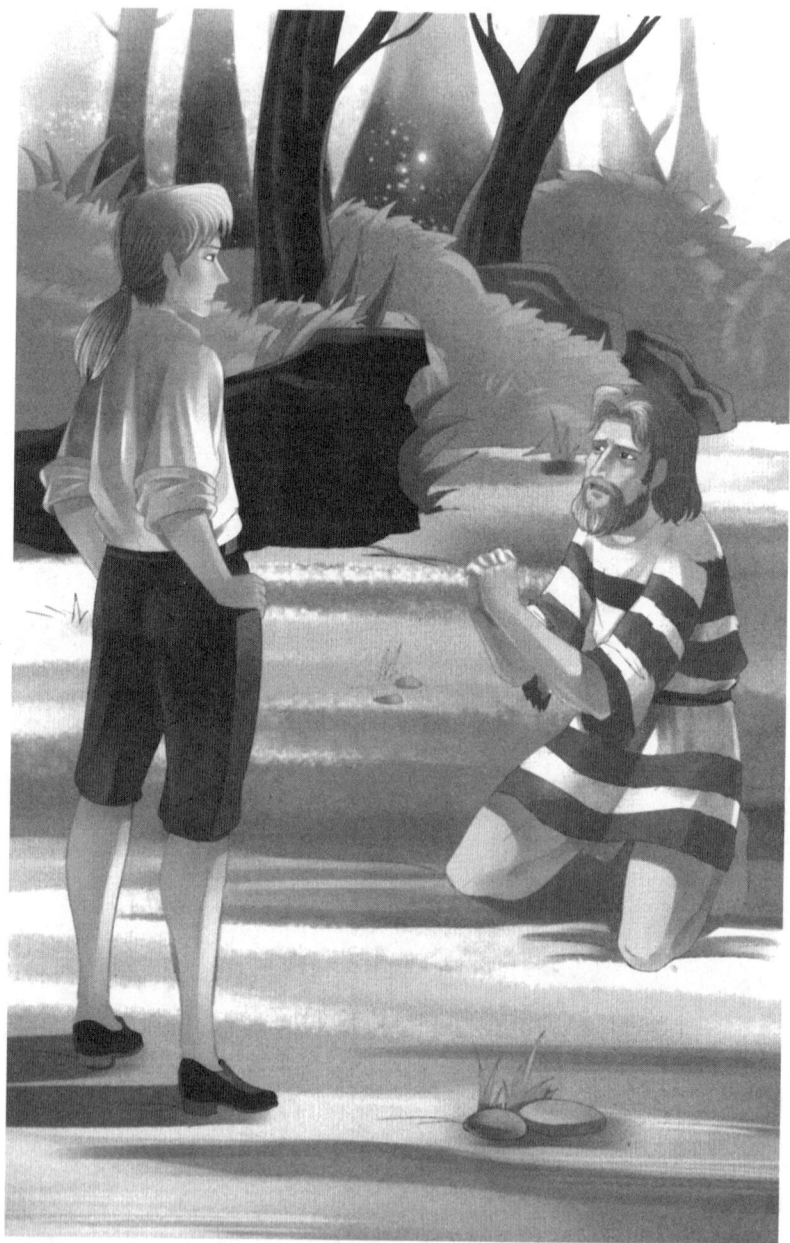

自谋生路。可是，朋友，我是多么想吃到人吃的东西啊！不知你随身是否带有干酪？有没有？没有？哎，多少个长夜我都梦见干酪——多半是烤好的——可等梦醒了，我仍在这个荒岛上。"

"我如果能回到船上，"我说，"你要多少干酪都能得到。"

说话间，本·冈恩一直不断地摸着我衣服的料子，又抚摸着我的双手，又看看我的靴子。总之，在说话的间歇中，他像小孩子一样高兴喜悦，因为他终于遇见了一个同伴。但当听完我最后几句话，他抬起头，露出一种吃惊的神情。

"你说你如能回到船上去，是吗？"他重复了一遍我说的话。"那么谁阻止你返回呢？"

"反正不是你。"我回答道。

"你说得对，"他连忙说，"那么你叫什么名字，朋友？"

"吉姆。"我告诉他。

"吉姆，吉姆，"他说时极为高兴，"说真的，吉姆，我过的这种苦生活你听了也会不舒服。比方说，你看我现在这模样，你能信我有一个虔信上帝的母亲吗？"

"不，我不会相信。"我答道。

"这也难怪，"他说，"可我确实有一个信仰上帝的母亲。我小时候是个懂礼貌、信奉上帝的孩子，能熟背教义，你甚至不可能听懂我在说什么。可是我竟落到这般下场，吉姆，这都是我在该死的坟墓石头上扔钱币赌博开始的。事情就因此开头，可以后就越走越远了。我母亲曾经预言我不会有个好下场，果然被她说中了，我是注定要遭此厄运的。自从待在这个荒岛上，我把一切都想通了，现在又重新信奉上帝了。你可不要让我喝太多的朗姆酒，但为了吉利只喝一小杯还是可以的。我已发誓要改邪归正，也知道怎样走上正路。吉姆，告诉你，"他四周张望了一下，压低嗓门轻声说："我有钱了。"

我现在确信这个可怜的人由于长期的孤独生活而有些精神失常了，我把这种感觉流露在脸上，所以他急切地重复着他说过的话："我有钱了！我有钱了！真的！我还可以告诉你，我能使你成为一个大人物，吉姆，啊，吉姆，你应该感到幸运，你会的，你是第一个发现我的人。"

说到这里，他脸上突然露出一片阴影，紧紧地抓住我的手，竖起一根食指在我眼前比划着。

"吉姆，你老实告诉我，那是不是弗林特的船？"他问。

听了此话，我大喜过望，相信自己找到了一个帮手，于是就立即回答道：

"那不是弗林特的船，他已经死了。不过既然你要我说实话，我就实话告诉你：船上有几个弗林特的水手，他们对我们其余的人构成极大的威胁。"

"有没有一个———一个独腿的人？"他急促地问道。

"是西尔弗吗？"我问道。

"对，西尔弗，"他说，"就是他，那是他的姓。"

"他是船上的厨子，也是叛贼的头头。"

他一直握着我的手腕，听了这话，他用力地扭了一下我的手腕。

"如果你是高个儿约翰派来的，"他说，"那我就完了，我知道这点。不过，你明白你的处境了吗？"

我当机立断，在回答他的问题之际，我详细地给他讲述了我们航行的经过及现在所处的困境。他聚精会神地听着，然后拍拍我的头。

"你是个好小伙子，吉姆，"他说，"你们已陷入困境，但你放心，我是信得过的，能帮你们的忙。你说你们的船主度量大，如果我帮他解脱出困境，那么他在报答援助方面会不会慷慨？"

我告诉他特里劳尼先生是最大度的人。

"好，不过你得知道，"本·冈恩继续说，"我的意思不是要他给我一份看门的差事，发给我一套制服等，这不是我想要的，吉姆。我的意思是：他是否愿意从本来就是我的钱中拿出……比方说一千英镑作为酬报？"

"我肯定他会的，"我说，"每个人都能分得一份，这是规矩。"

"还允许我搭船回家？"他又添了一句，看得出来他是一个十分精明之人。

"绝对没问题，"我大声说，"乡绅是一个堂堂正正的人，再说，如果我们消除了那些海盗，还要劳你把船开回家哩。"

"哈，"他说，"你们不会抛下我了。"他终于安下了心。

"现在我将告诉你一切，"他继续说着，"告诉你我所知道的一切，弗林特埋藏金银财宝时，我正好在他的船上，和他在一起的还有六个身强力壮的水手。他们在岸上待了约有一个星期，我们则留在海象号上等候。天气晴朗的一天，先有信号发出，然后弗林特独自划着一只小船回来，他头上裹着一块蓝色头巾。当时太阳正升起来，我们看见他脸色惨白，船上只有他一个人，其余六人都死了，并且被埋葬了。至于他是怎样干掉他们的，我们船上的人无人知晓。反正少不了恶斗、凶杀，或者死于非命，他一个对付六个。比尔·蓬斯是大副，高个儿约翰是舵手。当他们问金银财宝的藏处时，弗林特回答道：'你们有兴趣的可以上岸待在那儿探寻，船还要前行搜寻更多的财宝！'"这就是弗林特的回答。

"三年前，我随另一条船远航时看见了这座岛，'兄弟们，'我喊道，这岛上藏有弗林特的财宝，我们上岸去寻找。船长听了极不高兴，可是水手们都跟我同心，最终船还是靠岸了。我们找了十二天，毫无所获，大伙变得越来越不耐烦，把我骂得一天比一天凶，直到一天早晨，所有的船员都回到船上去了，他们说：'至于你，本杰明·冈恩，我们给你一支滑膛枪、一把铲子和一把锄头，你留在这里继续找弗林特的财宝吧。'"

"就这样，吉姆，我在这里待了三年，从那时起到现在就没有吃过一顿可口的饭菜。你瞧我这模样，还像一个水手吗？你一定说不像，我自己也说不像。"

说到这里，他眨了眨眼睛，使劲地抓了我一把。

"你把这些话告诉你们船主，吉姆，"他继续说道，"你说冈恩不是普通的水手，就这样讲。说他在岛上待了三年，无论白天黑夜、刮风下雨，始终孤身一人。有时候他会想一段祈祷文（你需告诉他）；有时候他会想起他的老娘，好像她还活着（这也得说）。但冈恩的大部分时间（你必须说到）全部用在另一件事情上。说完之后你应像我拧你一样捏他一把。"

他又抓了我一把，以此表示对我的极大信任。

"然后，"他接着说，"你得这样说：'冈恩是一个好人（你一定得说），他对天生的绅士十分敬重（注意是十分敬重），而对那些碰运气的绅士就是不屑一顾，因为他自己曾经就是这种人。'"

"嗯，你刚才讲的我一句也没听懂，"我说，"不过这并不重要，因为我不知道能否会到船上。"

"是的，"他说，"这的确有点麻烦。不过，我有一只小船，是我自己做的，我把它藏在白色岩石的下面，万不得已时，我们可以在天黑以后去试试。嗨！"他突然叫道，"那是什么？"

就在这一刹那间，岛上响起了大炮轰鸣的回声，而此时离日落还有一两个小时。

"他们打起来了！"我叫道，"快跟我来。"

我拔腿就跑向锚地，**所有的恐惧**都抛在了脑后。那个身披羊皮、被放逐的孤岛的水手**紧靠在我身边**跑着，他步伐轻松，好像一点也不费力。

"向左，向左，"他说，"向左边跑，吉姆，我的好朋友！尽可能往树底下跑！这里是我打死第一只山羊的地方，现在它们不再来这里了，都躲在山上；它们怕本·冈恩，瞧，这里是墓地。"我想他要说的一定是坟墓两个字。"你看到那些坟墓了吗？当我想到是礼拜天的时候，我经常来这儿做祈祷。这地方虽不是教堂，但看起来比较庄严。对了，你得告诉船主，本·冈恩没有牧师，没有圣经和旗幡，什么都缺，但仍是在这种情况下坚持祷告。"

在我们拼命奔跑的时候，他一直唠叨着，根本不指望我的回答，我也顾不上理睬他。

紧接着听到一阵炮声后，过了好一会儿，又传来一连串的枪声。

然后又是一阵沉寂，就在我前面不到四分之一英里的地方，一面英国国旗飘扬在树林上空。

第四部　寨子营地

Part Four

弃船经历

（由大夫继续叙述）

两只小船离开希斯帕诺拉号驶向岸边时大约一点半，用海上术语讲是钟敲三下。船长、乡绅和我在房舱里商议对策。如果当时稍微有一点儿风，我们就会突然袭击留在船上的六个反叛水手，然后起锚出海。可不但没有风，反而更令我们失望的是：亨特进来报告说，吉姆·霍金斯也爬上小船，跟着其余的人一同上岸了。

我们从未怀疑过吉姆·霍金斯，但却担心他的安全。他竟然和这群家伙同行，看来我们再难见到他了，于是跑上甲板。沥青在船板缝隙里直冒气泡，一股刺鼻的恶臭扑鼻而来，熏得我直想呕吐。如果有人染上热病或痢疾，那一定是这该死的锚地的臭味造成的。留下来的这六个反叛水手正坐在船舱发牢骚。在靠近一条小河的入海口，我们看见两条小船停在那里，上面各坐着一个人，其中一人口里哼着一支名叫《利利布雷洛》的调子。

我们实在等不及了，于是决定由亨特和我坐小船板上岸去侦察侦察。两条小船是靠右停的，我和亨特则朝着地图上标着的木寨方向径直划去。看守船只的那两个人见了我们，似乎有些慌乱，《利利

《布雷洛》的曲子也不吹了，我看到他们正在交头接耳。如果他们跑去报告西尔弗，一切都可能改变。但我想他们事先得到指示，所以原地静坐，继续哼着《利利布雷洛》调子。

沿岸有一处微微向前突出的弯角，我故意划船到弯角的一边，使这个拐角正介于我们和对方之间。这样，在我们上岸之前，他们就已经看不见我们了。我在帽子下塞了一大块丝绸手巾以减少暑气，同时，为安全起见，手里握住两支手枪，然后一跃而出，拼命跑起来。

我跑了不到一百码地就到了木寨前。

木寨的情形大致如下：一股清泉是从一个小山丘的顶上涌出，就在这小山丘上，有人围着泉水用圆木搭了一间十分坚固的木屋，里面足可以容纳四十个人。木屋的每一面墙上都有枪眼，四周是一片开阔的空地，用六英尺高的木栅栏围起来，上面既没有门，也无洞口。这木栅栏十分牢固，不易拆毁，除非用不少的时间和气力。另外木栅栏极其稀疏，进攻时不能借此掩护。木屋里的人却非常安全，能清清楚楚看清敌人的动向，很容易地从任何一个方向像打鹧鸪一样向进攻者开枪。只要有得力的岗哨和充足的粮食，除非是偷袭，否则他们据守这个地点，可以挡住一个团的进攻。

特别令我高兴的是那股泉水。尽管我们在希斯帕诺拉号上有舒适的船舱，充足的武器弹药，丰富的食品和好酒，但却没有淡水，这被我们忽视了。我正思考这个问题时，忽然一个人临死前的惨叫声回荡在海岛上空。我对暴力造成的死亡并不陌生，我曾在昆布兰公爵麾下服役，在方特努瓦战役中负过伤。但这惨叫使我心跳不已，我头脑中第一个念头是："吉姆·霍金斯完了。"

作为一个老兵，尤其作为一名医生，我知道时间就是胜利，时间就是生命。因此我当即决定迅速跑回岸边跳上小船。

幸亏亨特是个好划手，我们划得飞快，不一会儿就停靠在大船旁边，我纵身跳了上去。

我发现他们个个紧张，这是很自然的。船主坐在那里，面无人色，思考着不应让我们去冒险。他真是个好人！留在船上的六名反叛水手中，有一个人的脸色也与乡绅差不多。

"他是一位新来的水手，"斯摩利特船长向他点头说道，"大夫，他听到那声叫喊的时候，差点儿昏过去。只要我们再做做工作，就能把他争取到我们这一边来。"

我把我的计划告诉了船长，我们俩随即商讨实施这个计划的详细步骤。

我们派老雷德拉斯带三四支装好弹药的滑膛枪守住房舱和前甲板之间的走廊，还给了他一张厚厚的床垫作掩护。亨特负责把划子划到船尾，我和乔伊斯负费把弹药箱全部装到划子上去。

与此同时，乡绅和船长留守在甲板上，船长把副水手长叫了过去，因为他是留在船上那帮水手们的头头。

"汉兹先生，"船长说，"我和乡绅先生都带有手枪，如果你们中有谁敢发出任何信号，那他就必死无疑。"

他们吃了一惊，经过短暂的商量，一起跑向前舱梯，无疑想从后面袭击我们。但当看见雷德拉斯正等候于圆木走廊，他们立即四处乱窜，一个水手又伸出头探望着甲板。

"下去，狗东西！"船长怒喝道。

那脑袋又缩回去，我们在很长一段时间内再也没有听到这六个吓破了胆的水手的动静。

这时我和乔伊斯尽可能地把各种东西装上划子，直到不能再装为止。我们翻过船尾的舷侧登上划子，使劲挥动船桨，拼命地划向岸边。

我们这次再度上岸引起了岸上守望者的注意，《利利布雷洛》曲调再次被中断。就在我们绕过弯角，即将从他们的视线中消失之时，其中一个守望者突然向陆地上跑去，很快就不见了。我几乎打算改变主意，先弄沉他们的小船，但我担心西尔弗他们可能在附近，过分贪多很有可能弄糟整个事情。

我们很快就在原先那个地点靠岸，开始把船上装的东西搬进木寨里。第一趟我们三个人都背得很重，到了寨子前把东西扔过木栅，然后乔伊斯留下看管这些东西，尽管他一个人，却带着六支手滑膛枪。我和亨特回到划子上又背了一趟。我们就这样一口气也不歇，直到搬完船上的所有货物。然后我安排两个仆人看守木屋，用尽全身力气划着划子回到希斯帕诺拉号。

我们决定再装一船货物上岸，看来这样做风险很大。他们虽然在人数上占优势，但我们则在武器上占上风。岸上的海盗没有一支滑膛枪，在他们进入手枪射程之前，我们至少可以消灭他们五六个人。

船主在船尾窗前等我，他先前那种不佳的神色已消失。他接住我扔过去的绳索，系牢划子，然后我们便开始装货。这一次装的是猪肉、弹药、饼干，此外还为船主、雷德拉斯和我每人各带了一支滑膛枪和一把弯刀，余下的武器弹药我们扔进两英寻半深的海水中。在阳光的照射下，我们能看见这些亮铮铮的钢制武器在清澈多沙的海底闪闪发亮。

这时正值退潮，船身围绕着铁锚晃动起来。从两条小船停靠的方向隐约听见有人互相呼叫的声音。虽然我们不必担心远在东面的亨特和乔伊斯，但却告诫我们必须撤离。

雷德拉斯撤出他在走廊里的部署，跳进划子，然后我们绕到大船的另一侧去接斯摩利特船长。

"喂，伙计们，"他说，"你们听得见我的话吗？"

水手舱里没有人回答。

"亚伯拉罕·葛雷，我在对你说话。"

仍然没有回答。

"葛雷,"斯摩利特船长提高嗓音说道,"我即将离开这条船,我命令你跟你的船长走。我知道你本质上是个好人,我敢说,你们之中有些人并不像表面上看起来那么坏。现在我把表放在我手上,限你在三十秒内到我这边来。"

接着是一阵沉默。

"来吧,我的朋友,"船长继续说,"不要让我久等,不要再犹豫了,我等候你的每一秒钟,我和这些好心的先生们都冒有生命危险哪。"

这时突然爆发一阵扭打声,只听到拳打脚踢的声音。接着,亚伯拉罕·葛雷一侧面颊上带着刀痕冲了出来,像一条狗听到哨声似的奔向船长面前。

"我跟你走,船长先生。"他说。

一刹那间他和船长跳上划子,迅速驶离大船,划向岸边。我们终于离开了大船,但是还没有到达岸上的木寨子。

小船的最后一程

（由大夫继续叙述）

这是我第五次乘小船往返于大船与岸边，与前几次的截然不同。首先，我们乘坐的船非常小，形同药罐，所载已大大超重。光是我们五个成年人（其中三个——特里劳尼、德雷拉斯和船长的身高都在六英尺以上）已经超过了它所能承受的载重量，再加上火药、腊肉和几袋面包干。船尾的弦边几乎已经和水面持平，有好几次海水渗入了船舱。我们还没有划出一百码远，我的裤子和外套的下端已被浸湿了。

船长叫我们调整了一下船上的货物，这才稍微平稳点，但我们仍然不敢喘气。

其次，当时正值退潮，一股泛着细浪的激流先是朝西穿过港湾的深水，再朝南沿着上午我们通过的海峡出海。甚至那起伏的细浪对于我们超载的小舟都是一种威胁，但最糟糕的是我们被冲离了预定的航线，离那弯角后面的那个合适登陆点越来越远。如果我们不采取措施克服激流的冲力，便很可能就会在那两条小船旁边靠岸，而这里是海盗们经常出没的地方。

"我无法使船头转向木寨方向，先生。"我对船长说。我在掌舵，船长和雷德拉斯在划桨，因为他们体力充沛。"潮水正不停地把船往外推，你们能不能再用点劲？"

"再用力船就要翻了，"船长说，"你们必须顶住，非顶住不可，直到激流减弱为止。"

我又使劲地顶着，但凭经验知道潮水正把我们冲向西边，因此必须把船头拨向正东，与我们要去的方向形成直角。

"照这种速度我们永远靠不了岸。"我说。

"如果这是我们可选择的唯一航路，我们只有走这一条路了，"船长说，"我们必须逆流而上，先生，你会明白的，"他继续说，"如果我们被冲过了登陆点，那就很难说我们会在什么地方靠岸，除非在那两只小船旁边。相反，如果我们保持现在的方向，潮流总会减弱的，到那时我们就可以沿着海岸退回来。"

"潮水已经减弱，先生，"坐在船头的葛雷说，"你掌舵时可以稍微放松下。"

"谢谢你，我的朋友。"我说，好像什么事也没有发生过似的，因为我们都已把他当自己人看待了。

忽然船长又讲话了，他的声音好像有些变样。

"大炮！"他说。

"我已想到那东西。"我说，我以为他指的是海盗可能炮轰寨子。"他们绝不会把炮弄到岸上，即使弄上了岸，也绝不可能拖这大炮穿过树林。"

"往后看，大夫。"船长说。

我们完全忘记了大船上的大炮，更令我们吃惊的是那五个留在船上的海盗正忙着给大炮脱去"夹克"——这是水手们航行时给套在炮上的黑油布罩子取的别名。不仅如此，我还突然想起打炮用的圆铁弹和火药都留在船上，海盗们只需要用斧头砸开箱锁，就能取到这些弹药。

"伊斯莱尔曾是弗林特的炮手。"葛雷说话的声音都哑了。

我们不顾一切地把船头对准登陆地行驶,这时我们已经远离海浪的冲击,只需要轻轻划桨就能保持航向,所以能让船头稳定地对准目的地。但糟糕的是,在调整航向后,我们把船舷而不是船尾朝向希斯帕诺拉号,这样为他们提供了一个一打即中的活靶子。

我能够看见,也能够听见那个红脸醉鬼伊斯莱尔·汉兹正扑通一声把一颗圆铁弹放到甲板上。

"谁打枪打得最准?"船长问。

"毫无疑问是特里劳尼先生。"我说。

"特里劳尼先生,请你把船上的那些海盗干掉一个?最好是干掉汉兹。"船长说。

特里劳尼十分冷静,他看了看手中枪里的火药。

"现在,"船长急忙提醒道,"射击时动作不要太大,先生,否则会翻船的。其余的人在他瞄枪的时候,都到这边来,尽量保持船身平衡。"

乡绅端起枪,我们停止了划桨,并侧身转向另一边以保持平衡,一切都按部就班地如期实现了,我们连一滴水都没让进到船里来。

此时,大船上的反叛水手已经把大炮从旋转轴上转过来对准我们,汉兹手持装填火药的铁条站立炮口旁,因而目标最大。可惜我们运气不佳,特里劳尼开枪之时,汉兹正好弯身下去,子弹从他的头上呼驰而过,打倒的却是另外四个人中的一个。

倒下的那一个大叫一声,船上其余的也跟着大声叫嚷,这引来了岸上许多人的叫喊。我抬头看去,发现许多海盗正从树林中跑出,准备登上小船来袭击我们。

"小船已划向我们这边来了,先生。"我说。

"赶快划,"船长喊道,"现在我们顾不了会不会翻船,如果上不了岸，我们一切都完了。”

"只有一条船上有人，先生，"我补充道，"其余的人一定从岸上抄过来，准备攻击我们。"

"那就够他们跑的了，先生，"船长答道，"要知道，水手在岸上没多大能耐。我对他们并不在乎，所担心的倒是炮弹，他们要打我们太容易了！即使我家的女佣人来打也会十拿九稳。特里劳尼先生，你看到他们点火，就马上告诉我们，以便立刻收桨停船。"

与此同时，我们这条负载过重的小船一直高速前进，并且几乎没有进水。我们现在离岸近了，再划上三四十桨就可以到岸。潮水已从树林下冲开了一条狭长的沙滩，我们不再担心海盗的小船了，那弯角已把我们同它隔开。刚才那么残酷地阻碍我们前进的潮水，现在将功补过，正阻碍着海盗赶上我们。大船上的大炮成为目前唯一的危险。

"如果能办到，"船长说，"我真想停下来再干掉他们中的一个。"

但是很明显，他们急于想开炮，连看都不看倒地的那个同伙，虽然他还没咽气，而且我看见他正使劲地爬到旁边去。

"准备！"乡绅叫道。

"收桨！"船长迅速的应道。

船长和雷德拉斯用力向后一划，使船尾完全浸入水中。就在这一瞬间，炮弹呼啸而来，这正是吉姆听到的第一声炮响，他并没有听见乡绅打的枪声。我们谁也不清楚炮弹到底落在哪里，但我肯定它是从我们头顶上飞过去的，而它飞时产生的风力可能是造成我们灾难的直接原因。

此时，小船的船尾渐渐地沉入三英尺深的水中，我和船长站着面面相觑。其余三人则头朝下掉进水里，他们露出水面时早已全身湿透。

　　至少目前还没有造成太大的损失，我们五个人安然无恙，船都可以涉水安全到达岸边。可是我们装的货物全都沉在水底，尤其更糟的是，五支枪只有两支还能用，进水时我出于本能把我的枪从膝上抓起举在头上。至于船长，他的枪是用一条子弹带挂在肩上的，并且很聪明的把机枪朝上，其余的三支都随着小船沉入了水中。

　　令我们担心的是：我们听到岸边树林里的人声已逐渐靠近。我们的处境非常不利，不仅有可能被切断通往寨子的路，而且我们还担心，如果亨特和乔伊斯遭到五六个海盗的袭击，他们是否有毅力有勇气抵挡住，亨特性格刚毅，大家众所周知；但乔伊斯则不一样，作为仆人，他讨人喜欢懂礼貌，适合给主人刷刷衣服，却不适合当一名战士。

　　带着这种种忧虑，我们急着涉水跑上岸，对那只可怜的小船和沉在水里的大部分火药和粮食，只得弃之不顾了。

第一天的战果

（由大夫继续叙述）

我们很快穿过那片横在我们与寨子之间的树林，每跑一步，海盗们的喧声就靠近一步，很快就听到他们奔跑的脚步声，以及林中的树枝被撞击发出的断裂声。

我开始意识到一场真枪实弹的战斗即将爆发，于是看了看我手中的枪。

"船长，"我说，"特里劳尼是一位神枪手，把你的枪给他，他自己的给水泡过了。"

他们交换了枪，从行动开始一直保持沉默和冷静的特里劳尼停住脚步，开始检查枪是否完好。此时，我注意到葛雷手中没有武器，便递给他我的弯刀。只见他手吐一口唾液，眉头紧皱，拔出弯刀在空中挥舞着，我们大家不由十分高兴。从他身上发达的肌肉就可以看出，他将成为我们得力的伙伴。

我们又跑了四十多步，来到树林边缘，看见寨子就在前面。我们走进寨子南面的正中，几乎同时，以水手长约伯·安德森为首的七个反叛者突然大声叫喊着出现在西南角。

他们见了我们，突然停了下来，似乎很吃惊。趁他们惊魂不定、神志不清之时，我和乡绅，还有木屋里的亨特和乔伊斯都开了枪。四声枪响虽然听起来有点凌乱，但效果不错，一个应声倒地，其余的立刻转身逃入树林中。

我们重新装好子弹后，走到木栅外侧去看那个倒地的敌人，他已经断气了，子弹穿过了他的心脏。

我们正在欢庆胜利之时，突然树林中发出了一声枪响，一颗子弹嗖的一声擦过我的耳边，可怜的汤姆·雷德拉斯摇晃了几下便倒在地上。我和乡绅当即回击了一枪，由于没有瞄准目标，我们只是浪费了弹药。接着我们又重新装上了弹药，集中照顾受伤的汤姆。

船长和葛雷正察看他的伤势，我一眼就断定他没有救了。

我相信是我们的迅速回击再次击退了那些海盗，因此当我们把血流不止、痛苦呻吟着的猎场老总管越过栅栏，抬入木屋时，再没有受到骚扰。

从我们最初遇到麻烦直至现在把他抬进木屋，可怜的雷德拉斯始终没有说过一句表示惊讶、抱怨、恐慌或默认的话，他曾像一名特洛伊士兵一样坚守在希斯帕诺拉号的走廊上，仅用一张床垫作掩护；他总是不声不响、不折不扣地执行每一项命令，他是我们中最年长的人，比我们大二十多岁。现在，这位面带忧郁、忠心耿耿的老仆人却要离我们而去了。

乡绅跪在他身旁，吻着他的手，哭得像个小孩子似的。

"我要死了吗？大夫。"雷德拉斯问道。

"汤姆，我的朋友，"我说，"你要回家去了。"

"我真希望能开枪打死他们。"他回答道。

"汤姆，"乡绅问，"告诉我，你能原谅我吗？"

"先生，由我说这样的话，符合情义吗？"汤姆回答道。"反正照你说的办就是了，阿门！"

沉默片刻之后，他说他希望有人为他念祷告词。

"这是规矩，先生。"他辩解地补充道。不久他就咽了气，再也没有留下别的话。

这时，船长从衣袋里摸出许多东西，我早就注意到他胀鼓鼓的胸前和衣袋，里面装了一面英国国旗、一本《圣经》、一根结实的绳子、一支笔、一瓶墨水、一本航海日志和几磅烟草。他在栅栏地上找到了一根长杆子，那是一株修去枝条的杉树。在亨特的帮助下，他把这杆子竖立在木屋两堵墙壁相交的地方。然后，他爬上屋顶，亲自把国旗悬挂在旗杆上，并把它升上去。

看来这使他极为满意，他再回到木屋里，开始整理东西，好像没发生什么事情似的。然而，他毕竟目睹了汤姆的逝世。当清点完毕后，他马上走过去用一面旗恭恭敬敬地盖在尸体上。

"先生，不要太悲伤，"他握着乡绅的手说，"你不必担心他的灵魂，他是在履行船长和主人交给他的任务时以身殉职的。我这样说也许不太合乎教义，但却是事实。"

然后他把我拉到一旁。

"李沃西大夫，"他说，"你和特里劳尼先生提到的那艘接应船要过几个星期才能到？"

我告诉他，不是过几个星期，而是过几个月才能到。如果我们八月底还没回来，勃兰德里就会来找我们，但不会提前，也不拖后。"你自己也能算出还有多少日子。"我说。

"是啊，"船长搔搔头皮说，"即使把天赐的所有东西都考虑在内，我们的处境仍然十分困难。"

"你的意思是什么？"我问道。

"先生，太可惜了，我们丢失了第二次运载的所有物品，"船长答道，"弹药我们还够用，可是食品短缺，非常短缺，甚至可以说，李沃西大夫，我们少一口人也许不是坏事。"

他说着用手指了指盖在旗下的尸体。

正在这时，一颗炮弹呼啸着高高飞过木屋上空，坠落在我们后面很远的树林里。

"哦嗬！"船长叫道，"你们把炮弹打光吧！反正你们没有多少炮弹了，我的伙计们！"

第二发炮弹瞄的较准，炮弹落在木寨里，激起一大片沙土，但没有造成更大的损害。

"船长，"乡绅说，"从船上完全看不见这木屋，一定是那面国旗成了他们的目标，我们是不是降下它呢？"

"降旗？"船长大叫道，"不，先生，我决不这样做。"他刚说出这句话，我想我们大家都会同意他的意见，因为这不但体现出一种顽强勇敢的海员气魄，而且也是一种很好的策略，可以借此向海盗们展示：我们不惧怕他们的炮击。

当晚他们一直不停地放炮打击，炮弹一颗接着一颗飞来，不是打得太远就是太近，偶尔激起木栅里的一些沙尘。由于他们必须瞄高发射，以致炮弹落地时往往成了哑弹，自行落入松软的沙地。我们也并不害怕炮弹，虽然有一颗圆铁弹从木屋顶上飞进来，又从地板下面钻出去，我们很快就习惯了这种恶作剧，顶多把它当做玩板球。

"这件事也有其好的一面，"船长说，"看来我们前面的树林里已没有敌人。海潮早已退了，我们那些落在水里的东西应该漂露水面了，有谁自愿去取回猪肉罐头？"

葛雷和亨特最先站起来，他们全身武装，悄悄地溜出了木寨，但却劳而无功。反叛者比我们预料的更大胆，或他们充分信任伊斯莱尔的打炮本领。他们有四五个反叛水手正忙于搬运我们的船上货物，涉水搬到停在近旁的一条小船上。小船上的人不停地划桨，以使在水流的冲击中船能安稳的停着。西尔弗在船尾上指挥，现在他们每一个人都有一支滑膛枪，大概是从他们自己的秘密军火库里取出来的。

船长坐下来写航海日志，下面是所记的开头一段：

> 船长亚历山大·斯摩利特、随船医生大卫·李沃西、船匠亚伯拉罕·葛雷、船主约翰·特里劳尼、船主的仆人约翰·亨特和理查·乔伊斯（非海员）——以上是船上忠于职守的人。大家带着只能勉强维持十天的食品，于今日上岸，在金银岛的木屋顶上升起了英国国旗。船主的仆人（非海员）托马斯·雷德拉斯被反叛者枪杀；侍应生詹姆斯·霍金斯——

与此同时，我正为可怜的吉姆·霍金斯的命运而担忧。

从陆地方向传来一声呼唤。

"有人在叫我们。"正在放哨的亨特叫道。

"大夫！特里劳尼先生！船长！喂，你是亨特吗？"四周一片呼唤声。

我跑到门口，正好看见吉姆·霍金斯从木栅外面翻进来，他安然无恙。

守卫寨子的人们

（由吉姆·霍金斯叙述）

本·冈恩一见国旗就停了下来，并拉住我的臂膀，让我止步，自己坐了下来。

"瞧，"他说，"那边一定有你的朋友。"

"恐怕更像是那些反叛水手们。"我回答道。

"不可能！"他立即反驳道，"像这样一个地方，除了冒险君子，谁也不会来这里。那里的人一定是你的朋友。要是西尔弗，他一定会挂起海盗旗，这是毫无疑问的。刚才这里曾打了一仗，我猜想你的朋友们赢了。他们全部上了岸，待在很久以前弗林特所造的那个寨子里。啊！弗林特可真是一个有头脑的人！除了朗姆酒，他从未遇到过对手，是一个天不怕地不怕的人；不过西尔弗却是那样的斯文和气。"

"也许是对的，"我说，"既然这样，我就更应该赶紧去和我的朋友们一起战斗。"

"不要急，朋友，"本·冈恩说道，"如果我没看错的话，你是一个好孩子，但毕竟还小。现在的本·冈恩可不是傻瓜。朗姆酒是不可能把我骗到你去的地方，除非我见到你们那个天生的绅士船主，并得到他的保证。你不要忘记我的话：'我十分景仰真正的君子（记住，你得说十分敬重）。还有，你对他讲的时候，别忘了拧他一把。'"

说着，他带着同样调皮的表情拧了我一把，这已是第三次了。

"当需要本·冈恩帮忙的时候，你知道到哪儿去找他，吉姆。就在你今天见到他的地方，来找他的人手里拿着一件白色的东西，并且得独自一人来。哦！你还得说：'本·冈恩这样做自有道理。'"

"好，"我说，"我明白你的意思了。你想给我们提供线索，你希望见到船主或大夫，要找你就到我今天见你的地方去找。你还有别的话吗？"

"你还没与我约好时间，"他补充道，"从中午到钟敲六下如何？"

"好，"我说，"现在我可以走了吗？"

"你不会忘记吧？"他急切地问道。"你得说：'十分敬重'，'自有道理'，最重要的是'自有道理'，这可是男子汉之间所说的话，好吧。"他仍拉住我的手，"你可以走了，吉姆。如果你遇见西尔弗，你不会出卖本·冈恩吧？即使让野马拖着你跑，你也不能出卖我，你说呀：'决不。'如果那帮海盗在岸上宿营，吉姆，我会让他们的妻子明天早晨就变成寡妇？"

突然一声巨响打断了他的话，一颗炮弹穿过树林落到沙地上，距离我们谈话的地方不到一百码，我们立即朝着不同的方向跑开。

在此后的一个小时内，隆隆的炮声不断地震撼着这个荒岛，炮弹不断咔嚓嚓地飞过树林。我一路前进，一路寻找藏身之处，生怕被这些可怕的炮弹打中。不过，尽管炮轰逐渐减弱，我虽不敢向炮弹坠落最多的木寨方向去，但我已经开始鼓起勇气，信心十足。向东绕了一大段路后，我悄悄潜入岸边的树林中。

太阳刚刚西落，一阵微风从海上吹来，吹得树叶簌簌作响。微风使锚地灰色的水面上泛起阵阵涟漪，潮水早已退去，露出了大片大片的沙滩。经过白天的炎热之后，空气已经变冷，我穿着上衣都感到寒意。

希斯帕诺拉号仍然停泊在它下锚的地方，但它的桅杆顶上已经挂上了黑色的海盗旗。就在我观望之时，船上又有红光一闪，接着发出一声炮响。只见又一颗圆铁弹呼啸着从空中掠过，激起阵阵回声，这是今天的最后炮击。

炮轰结束后，我趴在地上观察了一会儿。海盗们看上去十分忙碌，在离木寨不远的岸上，有人正用斧头斫着什么，后来我发现他们在拆那条可怜的小船。在远处河流的入海处，树林里一大堆篝火正熊熊燃烧，一条小船穿行于弯角和大船之间。船上的那些人曾经个个脸色阴沉，这时却一边划桨，一边大声喧哗，高兴得像孩子似的。他们的叫嚷声使我得知，他们一定喝了许多朗姆酒。

现在我认为可以朝寨子的方向往回走了，我目前所在的地方是伸入海中相当远的一个沙尖嘴，它从东面围住锚地，退潮时与骷髅岛相连。我站起来的时候，顺着沙尖嘴望去，看见一堵孤立的岩壁耸立在低矮的灌木丛中，岩壁特高，颜色雪白。我突然想起，这也许就是本·冈恩所说的白色岩石。说不定某一天需要一条小船，我就知道上这里来找。

于是我穿过树林，一直走到木寨的后方即向着陆地的一面，很快就受到我的忠实朋友们的热烈欢迎。

我迅速讲完了自己的经历，然后四下环顾。这木屋的屋顶、墙壁和地板全是由未经锯方的松木建成的。地板有好几处高出沙地表面一英尺至一英尺半。门口有一个小门廊，门廊下面有一股细小的泉水涌入一个形状奇特的人工蓄水池——原来那是一只大船上的铁水壶，壶底已被砸去了锅底，被放在沙地里埋到如船长所说的"齐吃水线"。

除了屋架以外，这房子几乎一片空空。在一处角落里有一块石板被垒成炉灶的基底，还有一只生锈的铁筐，柴就放在里面烧。

小山坡上和栅栏里面所有的树木都被砍光用于建造这所木屋，从残留的树桩可以看出，一片极好的树林被毁。自从树木被伐以后，大部分泥土被雨水冲走或被流沙覆盖，只有从那铁水壶渗出的细水流的地方长着厚厚的一层苔藓、几簇羊齿植物和一小丛贴地蔓生的灌木，它们是沙地里唯一的绿色植物，栅栏四周是又高又密、郁郁葱葱的树林，靠陆地的一边全是杉树，但在靠海滩的一面，却杂生着许多常青橡树。据他们说，树林与寨子靠得太近，不利于防卫。

我曾经提到的那股寒冷晚风，透过这简陋木屋的每一个缝隙钻进来，不断有细沙像雨点似的洒在地板上。沙子飞到我们的眼睛里、牙缝里、晚饭里，甚至在水壶底下的泉水中也有沙子在舞动，看上去好像即将煮滚的米粥。木屋的屋顶有一小方洞作为烟囱，只有一小部分烟从那里排出去，其余的都集散在屋子里，呛得大家直咳嗽、淌泪水。

不仅如此，我们的新伙伴葛雷在与反叛分子搏斗时，脸上受了刀伤，至今仍缠着绷带。可怜的老汤姆·雷德拉斯还没有安葬，仍盖着英国国旗僵硬地躺在墙边。

如果继续无所事事，我们大家一定会变得士气低落，但斯摩利特船长决不容许出现这种现象。他把所有的人召唤到面前，把我们分成两班轮流职守。大夫、葛雷和我组成甲班，乡绅、亨特和乔伊斯组成乙班。虽然都很疲乏，还是有两人被派去砍柴，另外两人去挖墓坑埋葬雷德拉斯，大夫被指派为厨师，我站在门口站岗放哨。船长则四处走动，给大家鼓劲，必要时他给予帮助。大夫不时走到门口呼吸新鲜空气，屋里的烟雾熏得他连眼睛都睁不开，他每次走出来时总要和我说几句话。

"斯摩利特这个人比我能干，"大夫对我说，"我说这话是有根据的，吉姆。"

又有一次他走出木屋，沉默片刻后偏着头望着我。

"那个本·冈恩到底可靠不？"他问。

"我不知道，先生。"我说，"我不能断定他是否神经正常。"

"在这件事上我不放心的就是他，"大夫说，"他一个人在荒岛上苦熬了三年，吉姆，如果要求他的大脑同你我一样健全，这显然不合人类本性的。你说他喜欢吃干酪，是不是？"

"是的，先生，他想吃干酪。"我回答说。

"好，吉姆，"他说，"这下你可知道讲究口味的福气，你看见我有一只鼻烟盒，但我从没吸鼻烟，是不是？这是因为我在鼻烟盒里放了一块巴马干酪——那是一种意大利产的、营养丰富的干酪。嗯，那就送给本·冈恩吧！"

晚饭前，我们把老汤姆安葬在沙地里，大家脱帽围着坟墓在微风中站立了一会儿。木柴已堆积了许多，但船长还嫌少，他看了看，然后摇了摇头，对我们讲道："明天我们还得加劲干。"我们吃了一点儿猪肉，每人还喝了一杯掺水的烈性白兰地。然后，三位负责人聚集在一个角落里商讨未来的行动方案。

看来海盗们已经是黔驴技穷，然而我们的食品贮存太少，恐怕等不到接应船到来我们就会由于饥饿而被迫投降。但有一点是肯定的，我们最有希望得救的办法还是逐一歼灭这些海盗，直到他们降下旗，乘希斯帕诺拉号逃跑为止。他们已从十九人减到十五人，其中两人受了伤，而在炮台旁边被船主击中的那人即使不死也是受了重伤。我们每一次同他们交火时，都必须极其谨慎，保存有生力量。除此之外，我们还有两个得力的同盟者——朗姆酒和气候。

先谈朗姆酒，尽管他们远在半英里外，我们还是可以听到他们直到深夜还在喧闹、唱歌。至于气候，大夫敢拿他的脑袋打赌，如果海盗们继续宿营在沼泽地，又缺乏药品，不出一周，他们中至少有一半人会病倒。

"因此，"他继续说，"只要我们能保持有生力量并始终坚持到底，他们一定会驾船逃走。有了那条船，我认为他们随时可再去当海盗。"

"那将是我丢失的第一条船!"斯摩利特船长说。

你们不难想象，我十分疲倦，所以上床后并没有像平时那样辗转翻身，便已睡得像根木头一样。

第二天，其余的人很早起床，早饭之后，他们又采集了很多木柴，此时我才被一阵嘈杂声惊醒。

"白旗!"我听有人喊道，紧接着是一声惊讶的叫喊，"西尔弗本人来了!"

听到这消息，我立即跳起身来，揉揉眼睛，跑到木屋墙上的枪孔处向外观望着。

西尔弗谈判

果然，木寨外面来了两个人：一个手里挥动着白布；另一个不动声色地站在旁边，此人正是西尔弗本人。

那天天未大亮，我认为是出海以来最冷的一个早晨，寒气直透入我的骨髓。天空明亮无云，树梢在朝阳的映衬下泛着红光。但西尔弗和他的随从所站的地方仍一片阴暗，一团白色的晨雾淹没了他们的膝盖，这种雾气是夜间从泥沼地里散发出的。寒气和雾霭正是这荒岛如此荒凉凄清的原因。这个潮湿的地方显然对身体有害，容易染上热病。

"大家不要出去，"船长嘱咐道，"这很可能是一个诡计。"

然后他大声喊向海盗：

"你们是什么人？站住，不然我们开枪了。"

"我们打着白旗呢。"西尔弗大声说。

船长站在台阶上，他非常谨慎，即使敌人打冷枪也打不到他，他转身对我们说：

"大夫的一班负责守住枪眼，李沃西大夫守在北面，吉姆守东面，葛雷守西面。另外一班全部去装填弹药，大家动作要快，但要小心。"

接着他又面对那两个反叛分子。

"你们打着白旗来想干什么?"他喊道。

这次是由另一人回答:

"先生,西尔弗船长是来和你们谈判的。"

"西尔弗船长,我不认识,他是谁?"船长问。接着我们听到他自言自语:"船长?他怎么提升这么快?"高个儿约翰自己开口回答:"是我,先生。自从你们弃船出走以后,那些可怜的家伙推选我当船长。"说到"弃船出走"时他特别加重了语气。"只要能谈妥条件,我们愿意服从指挥。斯摩利特船长,我只要求你保证我安全离开寨子,在我走出射程之前不要开枪。"

"西尔弗,"船长说,"你听着,我根本不想和你谈判,要是你有话谈可以进来,不必啰唆。如果你们耍什么阴谋诡计,后果由你们负责,届时可别怪我们无情。"

"那就够了,船长。"高个儿约翰高兴地叫道,"有你这一句话我就放心了,我知道你是君子,我相信你。"

我们看见那手举白旗的人想把西尔弗拉回去,这并不奇怪,因为船长的回答不友好。但西尔弗冲着他放声大笑,然后就在他背上拍了几下,似乎是说他完全没有必要顾虑。接着,西尔弗走到栅栏跟前,先扔进拐杖,然后迈开一条腿,既费力又灵巧地翻越栅栏,终于平安落地。

我得承认,眼前发生的事情完全把我吸引住,因而我疏忽了自己守卫的职责,甚至离开了东面枪眼处的岗位,溜到坐在门槛上的船长身后。他的胳膊肘撑在膝上,两手支着头,眼睛一边看着泉水噗噗地从埋入沙地的旧铁水壶涌出,一边轻轻地哼着《来吧,姑娘和小伙子》。

西尔弗费了很大的劲才登上小丘,由于陡峭的坡面、粗大的树桩和松软的沙地，他和他的拐杖就像搁浅的船一样无能为力。但他硬着头皮默默地熬过了这一关，终于来到船长面前。非常标准地向他敬了一个礼，他显然刻意打扮了一番：一件很大的蓝色外套盖住了他的双膝，上面钉着很多黄铜纽扣，一顶镶有花边的漂亮帽子戴在他后脑勺上。

"你终于到了，"船长抬头说，"那就坐下吧。"

"你难道不想让我进屋里谈吗，船长？"高个儿约翰抱怨道："这么冷的早晨坐在外面沙地上实在太冷了。"

"西尔弗，"船长说，"如果你愿意做一个诚实的人，你应该坐在船上的厨房里，一切都是你自己造成的。你要是做我的厨师，我保证不会亏待你；如果你当你的西尔弗船长，其实不过就是一个海盗叛徒，将来肯定会被绞死！"

"好了，好了，船长。"西尔弗说着就在沙地上坐下。"不过回头你得扶我站起来。你们这里真不错。啊！吉姆也在这里。早上好，吉姆！大夫，我向你致敬！你们聚在一起，真像一个快乐的大家庭。"

"你有什么要说，赶快说吧。"船长说。

"对，斯摩利特船长，"西尔弗说，"咱们谈正经事。你知道昨晚你们干得不错，我不想加以否认。你们中有几个人棍棒功夫不错，我也不否认。我们中的有些人——也许是全部被你们打个措手不及，包括我自己在内，所以我来这儿找你们谈判。不过，你记好，船长，这样的事情不会再发生！我们会加强岗哨，让大家节制饮酒。也许你们认为我们都喝醉了，但我可以告诉你，我并没有喝醉，只不过太累了。如果我早一点醒来，你们肯定跑不掉。那个被你们打伤的人，我跑到他跟前的时候，他还没有死呢。"

"是吗？"船长说，他显得十分冷静。

船长没有听懂西尔弗的话，但你从他的语气中并不会察觉到。

我倒是有点儿明白了，本·冈恩分手前与我说的最后几句话又浮现在我脑海中。我想他趁海盗们喝得烂醉倒在篝火边的时候，溜进他们的宿营地去过。我还高兴地了解到，我们要对付的敌人只剩下十四名了。

"好，事情是这样，"西尔弗说，"我们要得到岛上的金银财宝，一定要得到，这是我们的根本目标！你们的目标是想保全生命。你们不是有一张岛上地图吗？"

"可能有。"船长答道。

"你们肯定有，我知道。"高个儿约翰说，"你们态度不要那样生硬，这样对大家都没好处，你应该相信我，我只要那张地图，决不想伤害你们。"

"我不会答应的。"船长打断了他的话。"你们的如意算盘，我心中十分清楚，我们对此不屑一顾，因为你办不到，这你很清楚。"

说到这里，船长平静地看了他一眼，然后开始装一斗烟。

"如果亚伯拉罕·葛雷——"西尔弗突然叫道。

"住嘴！"船长喝住了他，"葛雷没告诉我什么。我也没问他什么。说真的，我倒愿意看见你们和这个岛子一起从海上掉进地狱里，这就是我对你们的看法。"

船长小小的发怒使西尔弗有所收敛，他本来还想狡辩，但现在却平静下来了。

"既然如此，"西尔弗说，"诸位绅士可根据具体情况判断是非，我不准备加以限制。看来你想抽一斗烟，我也要仿效你了，船长。"

于是他装了一斗烟，并点着了它。两人默默地坐着抽烟，时而互相看看对方的脸色，时而往烟斗里装烟丝，时而俯身吐去口中的烟末子；他们的行动就好像在演戏一样，看上去很有趣。

"听我说，"西尔弗重新发话道，"你们把寻宝图给我们，不要再去枪杀那些可怜的水手，或趁他们熟睡时砸他们的脑袋。你们如果答应，我们提出两个办法由你们选择：第一个办法是，等金银财宝装上了船，你们跟我们一起坐船走，我以人格作担保向你们发誓，一定会在某个地方让你们安全上岸；第二个办法是，如果你不愿意和我们一起乘船走，因为我的水手中有些人性情粗暴，对你们有怨气。那么你们可以暂时留在岛上。我们将按人头与你们平分食品，并且一定通知我们遇到的第一条船，请他们来带走你们。你们现在讨论一下刚才所说的办法。再不可能有更好的办法了，绝对没有，我相信。"西尔弗提高嗓音说道，"在木屋里所有的人都听明白了我的话，因为我对船长一个人讲的话也是对大家所说的。"

斯摩利特船长站了起来，把烟斗里的灰抖在左手掌上。

"你说完了吧？"他问。

"该说的都讲完了。"约翰答道，"如果你们拒绝，那么以后跟你们见面的就不是我，而是滑膛枪的弹丸了。"

"很好。"船长说，"现在该听我说了。如果你们放下武器到这里来，我得把你们用铁镣全部都铐起来，送回英国去依法审判。如果你们不这样做，我以国旗的名义发誓，一定要送你们去见海龙王！否则我就不叫亚历山大·斯摩利特。你们不可能找到藏金处，也驾驶不了希斯帕诺拉号，你们中没有一个人有这样的本领。你们也打不过我们，昨天你们五个人也未能拦住葛雷，他还是冲了出来。你们的船动不了啦，因为你们处在背风海岸。我站在这里告诉你，这是我对你的最后一次忠告，凭着上天发誓，我要是再遇见你，一定要用子弹打穿你的脊梁骨。快滚吧，连滚带爬，越快越好。"

西尔弗怒容满面，双眼突然变大，他抖了抖烟斗里的火灰。

"把我扶站起来！"他叫嚷道。

"我不会拉你。"船长答道。

"谁来拉我一把？"他吼叫着。

我们谁也没有理他，他只好在沙地里爬行，边爬边嘟囔地发出恶意的诅咒声，直爬到门廊边攀着梃子才能用拐杖撑着站立起来。接着他往泉水里吐了一口。

"呸！"他恶狠狠地说，"在我眼前你们就像这口唾沫一样。不出一小时，我就会把你们这老木屋打得稀烂，就像我砸朗姆酒桶那样。笑吧，你们大笑吧！不出一小时，你们想笑就笑不出声了。到那时，你们谁还活着，一定认为还是死去好。"

他又一阵怒骂，然后一瘸一拐地踏着沙地走下坡去，经过四五次摔倒之后，在那个打白旗的人的搀扶下，他得以翻过栅栏，不久两人很快就消失在树丛中。

海盗强攻寨子

西尔弗走后，密切注视着他的船长立刻回到木屋里，当发现除葛雷外，没有一个人坚守自己的岗位，他大发脾气，这时我们第一次看见他发这么大的火。

"各就各位！"他大喝道。等我们低头弯腰地回到自己的岗位以后，他又说道："葛雷，我将在航海日志上记下你的名字，你尽到了作为水手的职责。特里劳尼先生，你的表现使我们感到惊讶。大夫，我想你是参军打过仗的，如果你在方特努瓦服役时也是这样，先生，我劝你干脆躺到铺位上去吧。"

大夫的一班人都回到了各自的岗位，其余的人则忙于往备用枪支里装填弹药。可以肯定，我们每个人都满脸通红、耳朵发烫，而且，就像俗语讲的，耳朵里就像有个跳蚤。

船长默默地看了一会儿，然后开口道：

"诸位，我刚才痛骂了一顿西尔弗，是有意激怒他。他说，不出一小时，我们将遭到他们的打击。他们在人数上占优势，这是十分明显的。但是我们有木寨作掩护。几分钟之前我说我们是一支纪律严明的队伍，我确信只要大家团结一心，一定能打退他们的进攻。"

接着他巡视了四处，直到放心为止。

木屋的东西两面极为狭窄，只有两个枪孔。在朝南的一面也只有两个枪口，朝北的一面却有五个枪眼。我们七个人共有整整二十支滑膛枪。我们把柴火垒成四堆，或者说垒成四张桌子，在每一面墙壁的中央各有一堆，然后在每一张桌子上放着四支装了弹药的枪和一些弹药，供守卫者随时取用，弯刀放在桌子的中央。

"把火熄掉，"船长说，"寒气已退，我们不能让烟熏得睁不开眼睛。"

特里劳尼先生亲自把铁火盆搬到室外，把未烧完的木炭闷熄在沙地里。

"霍金斯还没吃早饭。霍金斯，你自己拿点东西到岗位上去吃吧。"船长继续说道，"抓紧点，伙计们，等一会儿打起仗来，你们就不能再吃了。亨特，给每人倒一杯白兰地。"

就在这段时间里，船长想好了防守的方案。

"大夫，防守大门，"他继续说，"注意不要太暴露自己，尽量站在屋里面，从门廊里往外射击。亨特负责东面，乔伊斯到西面去，特里劳尼先生，你是最好的枪手，你和葛雷防守狭长的北面，那里有五个枪眼，是最危险的地段。万一他们冲过来，从外边通过枪眼向我们开火，那就糟糕了。霍金斯，你我都不擅长打枪，我们就站在旁边装弹药，做帮手。"

正如船长所说，寒气已经退了。太阳一爬到这一区域的树梢上，立刻向沙地面倾放它的热力，把四周的雾霭一口气吸走。不久，沙子开始发烫，木屋的木脂油渐渐融化。我们脱掉上衣和手套，解开了衬衫的领子并把袖子卷到肩膀上，我们站在各自的岗位上，感到酷暑难熬，非常乏闷。

一小时过去了。

"真该死！"船长骂道。"这样等着真会让人闷死，葛雷，你吹个口哨招一阵风吧。"

就在这时，有人发现了敌情。

"请问，先生，"乔伊斯说，"如果我看见什么人，是可以开枪吗？"

"当然。"船长大声说。

"是，船长。"乔伊斯仍然彬彬有礼地回答道。

随后的一段时间里没有发生什么动静，但那句话却使所有人紧张地竖起耳朵和瞪大眼睛，枪手们端稳了各自手中的武器，船长站在木屋中央，嘴唇紧闭，双眉紧皱。

又过了几秒钟，直到乔伊斯举枪放了一枪。这一声响的余音未落，栅栏外边不断有子弹射来，一枪接一枪，像放连珠炮似的。有几颗子弹打在了木屋的墙上，但都未能穿进屋子里。等到硝烟散开，木寨和它四周的树林又变得和先前一样安静、空荡。没有一根树枝摇动，也没有一个暴露敌人踪迹的枪管在闪光。

"你打中了目标吗？"船长问。

"没有。"乔伊斯回答道。"我相信没有打中，先生。"

"诚实最好。"船长喃喃自语。"霍金斯，你给乔伊斯装好弹药。大夫，敌人向你那边打了几枪？"

"我很清楚，"李沃西大夫说，"他们一共打了三枪。我看见火光闪了三次，有两次靠得很近，另一次距离稍远，在西边。"

"三枪，"船长重复道。"那么你那边总共有多少呢，特里劳尼先生？"

但这一边的统计数可不容易回答。从北面打了好几枪：乡绅统计是七枪，葛雷是八九枪。至于东西两面，敌人只打了一枪。这样就很清楚，敌人的主攻方向是从北面展开，其余三方面打的枪只是一种虚张声势，旨在扰乱我们的方案。但是斯摩利特船长并未改变原来的部署。他认为，如果让反叛分子越过栅栏，他们就会占领那

些无人防守的射击孔，然后就会把我们像打老鼠一样地打死在我们自己的堡垒里。

不过我们也没有太多时间考虑。突然随着一阵叫喊声，一小群海盗从北面的树林跳出，直奔寨子。同时，从其余几个方向也传来枪声。一颗子弹嗖的一声从门外飞进，把大夫手中的滑膛枪打成碎片。

海盗们倾巢出动，像猴子似的爬过木栅。乡绅和葛雷不停地开枪射击，打倒了三个人：一个跌入木栅里边，另外两个倒在木栅外。但这两个人中一个显然没有受伤，而是被吓倒的，只见他瞬间站立起来，便拼命逃回树林里去了。

两个人当场被击毙，一个人逃跑了，四个人成功地闯入我们的防御木寨。与此同时，树林里还有七八个人，他们每人显然配备了好几支枪，正向木屋进行猛烈、然而无效的射击。

那翻过栅栏的四个人呐喊着冲向木屋，树林中的同伙也跟着呼叫助威。我们的防守人员打了好几枪，但射得太匆忙，都没有打中。转眼间，四个海盗已冲向沙丘地，直接扑向我们。

水手长约伯·安德森的头出现在中间的一个射击孔里。

"打死他们，兄弟们，打死他们！"他大吼道。

这时，另一个海盗猛地抓住亨特的枪筒使劲一拖，从他手中夺了过去，然后狠命一击，把可怜的亨特打昏在地，丧失了知觉，同时，第三个海盗毫发未损地绕过屋角，突然出现在门口，举起弯刀向大夫砍去。

我们处境与刚才完全相反，刚才我们在木屋的掩蔽下袭击完全暴露的敌人；现在是我们暴露在敌人面前而又毫无还击之力。

木屋里硝烟弥漫，多亏这烟雾使我们暂时获得了安全。屋里屋外的喊杀声、骚乱声、火光和枪声以及惨叫声震耳欲聋。

"冲出去，伙计们，到外面去跟他们拼刀子！"船长大声叫道。

　　我从柴堆里抓起一把弯刀，同时另一人也抓起一柄，朝我的指关节砍了一刀，我几乎没有感觉到疼。我立即夺门而出，跑到阳光下，有人紧跟在我后面，我不知道是谁。在我的正前方，大夫正在小丘坡上追赶刚才向他进攻的那个海盗。就在我看见大夫的那一刻，他打掉了那海盗的武器，一刀把他砍翻。那海盗仰天倒地，脸上被划开了一道很长的口子，疼得那家伙倒在地上打滚儿。

　　"绕到屋后去，伙计们，绕到屋后去!"船长喊道，尽管当时乱作一团，我还是注意到船长的声音有些异样。

　　我机械地服从命令转向东边，举起弯刀绕过屋角，不料却直遇安德森。他大吼一声，把弯刀举过头顶，刀身在阳光下寒光四射，向我劈头砍来。此时我根本来不及害怕，就在刀还没有砍下的千钧一发之际，我纵身跳向旁边的沙地，不料脚打滑，竟顺着斜坡滚了下去。

　　当我夺门而出的时候，其余的海盗正从四面八方围向木栅，准备置我们于死地。一个头戴红色睡帽的人，嘴里衔着一把短刀，已经爬到木栅顶上，一条腿已跨了过来。不过，这个过程极其短促。当我重新站起来时，一切又恢复了原样。那个戴红色睡帽的家伙仍停留在木栅顶上，另一个海盗刚露出一个脑袋在木栅顶上。然而，就在这短短的一瞬间，战斗已经结束，我们取得了胜利。

　　葛雷紧跟在我身后，他趁大个子水手长一刀砍空，来不及再举刀时，一刀砍死了水手长。另有一个海盗正准备向屋里射击，却在枪孔处被我们击中，此刻正痛苦地挣扎于地上，他握着的枪还在冒烟。至于我刚才看见的第三个海盗，他已被大夫砍死了。越过栅栏的四个人中只有一个仍活着，他丢了弯刀，吓得面无人色，正试图逃出栅栏。

　　"开枪，从屋里开枪!"大夫喊道。"喂，你们俩快回屋里去!"

　　但他的话没引起注意，屋里没有人开枪，那个命大的海盗逃了出去，和其他的人消失在树林中。刹那间，这群进攻者全部逃之夭夭，只剩下五个人倒在地上：四个在木栅里边，一个在木栅外边。

大夫、葛雷和我飞快跑回木屋，其余的海盗一定是回去取枪的。战斗随时都可能重新再次打响。

这会儿，屋里的烟雾开始散发了，我们一眼就看出了这次为胜利所付出的代价：亨特倒在射击孔旁，昏迷不醒；乔伊斯则头部中枪，一动不动；而就在屋子中间，特里劳尼正扶着船长，两人都面色苍白。

"船长受伤了。"乡绅说。

"他们都逃掉了吗？"船长问。

"能逃的都已经逃了，"大夫回答说，"但他们中有五个人是永远逃不掉了。"

"五个！"船长叫了起来。"哦，这比我预计的好。他们丢了五个，我们死伤三人，剩下我们四个对他们九个，这比刚开始是好多了。当初我们是七个对他们十九个，想想那时的处境，真不容易啊。"

第五部　海上历险

我的海上惊险历程

海盗们没有返回来,树林中也没有人再开枪。正如船长所说,他们"已经受够了苦头",因此我们有时间可以从容地照看伤员,准备午饭。乡绅和我冒着危险到屋外做饭。即使在屋外,我们仍不知所措,因为伤员大声呼痛的呻吟声不时传入我们耳朵,令人不安。

这场战斗中有八个人倒下,其中三个人还没咽气:一个是在枪孔处中弹的海盗,另两个是亨特和斯摩利特船长。其中前两人伤势较重,那个海盗最终死在大夫的手术刀下,亨特虽力经我们抢救,仍未苏醒。他拖了整整一天,就像住在我家客店里的那个老海盗中了风似的大声喘气,但他的肋骨已经被打断,跌倒时又撞破了颅骨,到了晚上,他便无声无息地见上帝去了。

至于船长,他的伤势虽然严重,但不危及生命,没有伤到要害部位。他先是中了约伯·安德森的子弹,打中了他的肩胛骨并且伤到了肺部;第二颗子弹挫伤了小腿上的一些肌肉。大夫说船长肯定能康复,只是在目前和接下来的几个星期,他不能行走,不能动弹胳膊,并且尽量不说话。

我自己指关节上偶然造成的刀伤不算什么,李沃西大夫给我贴了膏药，并且扯了一下我的耳朵，以示没啥问题。

午饭后，乡绅和大夫坐在船长旁边商议下一步行动方案，他们谈得非常充足，直到时间刚过正午。此时大夫拿起帽子和手枪，腰中挂上弯刀，怀揣地图，肩扛一支滑膛枪，从北面翻过木栅，迅速地消失在树林里。

我和葛雷坐在屋子的另一头，由于太远没有听见他们说话的内容。大夫的行动令葛雷大吃一惊，他从口中取出烟斗后，竟忘记了重新放到嘴里。

"天哪！"他说，"李沃西大夫是不是疯了？"

"不可能，"我说，"即使我们这些人都发疯，也是最后一个才轮到他。"

"也许吧，伙计，"葛雷说，"不过，如果他没有疯，那一定是我疯了，你记住我的话好了。"

"我看大夫这样做一定有他的道理，"我说，"我想大夫一定去和本·冈恩碰头。"

事后表明我的想法是对的。但是当时的木屋里十分闷热，木栅里的一片小沙地被正午的烈日晒得滚烫。我开始酝酿一个念头，这个念头正确与否难以断定。我羡慕大夫走在阴凉的树林里，四周鸟声鸣鸣，树木散发清香；而我则坐在木屋里忍受痛苦，衣服湿湿的，四周又有那么多血，那么多尸体，我对木屋既厌恶又恐惧。

当我在冲洗屋里的血迹和洗刷碗碟的时候，我愈感到厌恶和嫉妒。最后我碰巧走到一袋面包干旁边，趁人不注意，我采取了准备外逃的第一个行动：我把我的外套两只口袋都塞满了面包干。

你们可能认为我太傻了，的确，我将干一件胆大妄为的蠢事，但我决心尽可能谨慎从事。不管怎么说，这些面包干至少可以使我在两天内不会挨饿。

接下来我拿了两支枪，由于已经有了一筒火药和好些子弹，我觉得自己已有足够的武装设备了。

我头脑中想到的方案并不差，打算从东面走到介于锚地和海洋间的沙尖嘴，去寻找昨天晚上发现的那块白色岩石，看看本·冈恩的那条小船是否藏在那里。我至今仍相信这件事情值得试一试。不过我清楚他们不会让我离开的，我唯一的办法只能是不辞而别，乘无人注意时溜走。这种做法实在不妥，以致使一件好事变成了错事。但我毕竟是个孩子，还是下定决心付诸行动。

我终于找到了一个很好的机会。乡绅和葛雷正忙于给船长缠绷带，木栅外并无他人。我迅速翻过栅栏，钻进树林中。等到我的伙伴们发现时，我已跑到他们的呼喊声所达不到的地方。

这是我第二次擅自行动，并且这一次比前一次更不能得到同伴的理解，因为我一走只留下两个人守卫木屋。然而，我的这次行动同第一次一样，再次从危险中挽救了我们大家的性命。

我径直走向海岛的东面，并沿着沙尖嘴靠海的那一边走，以免被锚地里的海盗发现。此时接近傍晚，不过太阳还没落山，气候仍暖和。我继续穿行在高大的树林中，不但听见如雷般的浪涛声，而且听见树叶、树枝在风中的飒飒声，这表明今天的海风比以往的更猛烈。不一会儿，凉意向我袭来，快走几步来到树林边缘的一片开阔地，便看到一片蓝色的大海在阳光下闪闪发亮，海天相连，浪花汹涌翻滚，在岸边嬉戏着。

我从来未见过金银岛周围的大海如此平静，即使太阳高照，空气里没有一丝风，蓝色的海面平滑如镜，但整个海岸线仍浪声滚滚，日夜怒吼。我想岛上无处没有这浪花飞溅的响声。

我沿着海浪行走，心里十分高兴，直到我认为向南走得太远了，才在茂密的灌木丛的掩护下，小心地爬上沙尖嘴的脊梁。

我背靠大海，前方面向锚地。刚才猛烈的海风逐渐减弱，趋于平静。从南面和东南方吹来的轻柔气流和一大团浓雾迅速布满海面上空。骷髅岛下风向的锚地水面仍然一片平静，如同我们刚驶进时的情形。希斯帕诺拉号停在这静静的平如镜面的海面上，从远处可清晰地看到桅顶、船的吃水线以及桅杆上悬挂的海盗旗。

大船旁停靠着一条小船，西尔弗坐在船尾，他的模样我非常熟悉，容易认出。另外两个海盗正倚靠在大船船尾，其中一个头戴红帽，就是几小时前我看见在栅栏上的那个坏蛋。他们虽然在说笑，由于相隔约一英里远，我不能听清他们谈话的内容。突然一声可怕的怪叫声让我大吃一惊，十分可怕，后来才想起是一只叫"弗林特船长"鹦鹉的叫声，即使它栖息在主人的手腕上，我也能根据它鲜艳的羽毛瞬间辨认出。

不久，小船划动驶向岸边，头顶红帽的那个人和他的同伴一起走到船舱升降口处。

这时，太阳落到西贝格拉斯山后，大雾迅速聚集。天色开始变黑。我深知我必须抓紧时间，否则今晚找不到小船。

坐落在灌木丛上的那块白色岩石，离沙尖嘴还有约八分之一英里的路程。我穿过矮树丛时，往往手脚并用爬着前行，花了很长时间才到达那里。当我手摸粗糙的岩壁时，黑色已降临。岩壁下面长着一块青苔的凹地，被堤岸、高及膝部的茂密矮树丛所遮盖。在凹地中央，确有一顶用山羊皮连织成的小帐篷，非常像吉卜赛人在英国四处流浪时随身携带的帐篷。

我跳进凹地，揭开帐篷的一边，看到里面果然有本·冈恩所提的小船。这条船十分简陋，木料粗糙，斜底船架用毛朝里的山羊皮包装。船很小，真难以想象它能载起一个大人。船里的一块坐板安得极低，船头装有一块踏脚板的木头，还有一支双叶长桨。

我以前从未见过这样的一条渔船，好像是我们的祖先不列颠人用柳条、兽皮制造的，但我的确看到了这条船。而本·冈恩的小船犹如人类早期的制作，既简单又原始，它的优点是灵活轻便，容易搬动。

　　既然我已经找到小船。你们一定认为我已单独行动了许久，应该返回原地去了。但就在此时我又想到一个主意，而且认为非这样不可，哪怕斯摩利特船长反对，我也要付诸实施。我决定在黑夜的掩护下划船靠近希斯帕诺拉号，然后割断锚索，任其漂流到岸边。我断定，海盗们遭到上午的惨败打击之后，一定会起锚逃出海上。我想要是能阻止他们的逃跑，该有多妙。当我看到留守在大船上的人没有小船在旁边，我就心中有数，认为实施这个行动不会有什么危险。

　　然后我就坐下来等候时机，等待天黑，同时借此时间饱餐了一顿干面包。这个夜晚对于实施我的计划可谓是千载难逢的良机。天空布满了浓雾。当落日的余晖消失后，金银岛上一片黑暗，我终于扛着小船，跌跌撞撞摸黑走出凹地。此时，整个锚地处只有两个地方发出火光。一处在岸上，一群被击败的海盗们在沼泽地里围着篝火饮酒作乐；另一处是黑暗中的微光，表明大船停泊时的位置。海水退潮时船掉转了方向，船头现朝向我，船上唯一的灯光显现在房舱中。我看到的仅仅是船尾发出的强光在浓雾中的映射而已。

　　潮水早就开始退了，我走过一条很长的湿沙滩，途中好几次陷入泥沙里，泥沙一直陷到我的膝部处。最后我走到退潮后的海边上，在水中趟了几步后，我稍稍用劲就巧妙地把小船平放在水面上。

潮水急退

那只小艇对一个我这样身高和体重的人来说是非常安全的，既轻快又灵活——这一点我在废弃不用它之前就已经深有体会了。但驾御它还是很不顺手，总偏向一侧。不管你怎么划它都比其他任何船只更偏向下风方向，它的拿手好戏就是原地打转儿。本·冈恩自己也承认，"这只小艇很难对付，除非你摸清了它的脾气。"

我当然不知道它的脾气了。它四面八方都移动自如，就是不朝我去的方向。大部分时间都是侧向行进的，如果不是潮水帮忙，我肯定永远也不可能靠近大船。总算运气好，不管我怎么划，潮水都将我向下冲；而希斯帕诺拉号恰好就在船道上，不大可能会错过。

大船最初呈现在我眼前时是比黑暗还浓的黑乎乎一大团。接着，桅杆、帆和船体都渐渐呈现轮廓。很快小船也到了锚索旁边（因为愈往前，退潮的流速就愈急），我一把把它抓住。

锚索像弓弦一样紧绷，船不停摇动着，快将锚拔起来。泛着细浪的潮流在船身周围的一片漆黑中汩汩作响，犹如一股小小的山洪。只要用水手刀一砍，希斯帕诺拉号就会被潮水冲走。

目前一切还很顺利，但我忽然想到，朝紧绷的绳索猛砍一刀，如有被马蹄踢到那样的危险。要是我冒冒失失去砍希斯帕诺拉号的锚索，十有八九会连人带艇从水面上弹出去。

这个念头叫我不知如何是好，要不是幸运对我再次垂怜，我也许会干脆放弃原来的主意。但是微风开始时还从东南方向吹来，稍后转为从南面吹来，夜幕降临后又转成了西南风。我正犹豫不决，一阵风把希斯帕诺拉号逆着潮流高高托起。我喜出望外，感觉被我握紧了的锚索松了一下，那只手也在一瞬间浸入水中。

我当机立断，掏出折刀，用嘴叼开刀子，一股一股地割那条锚索，就只剩下两股细绳。于是我静卧片刻，等下一阵风再次将绷紧的锚索稍加松弛，以便把那最后两股也割断。

在这段时间，我一直听见从房舱里传出高声谈论。但老实说，我的注意力全集中在别的事情上，压根儿就没听进去。现在无事可做了，便对那谈话稍加留意了。

其中一个声音我听出是副水手长伊斯莱尔·汉兹的，当年他曾在弗林特手下当炮手。另一个无疑是那个戴红帽子的家伙。两人显然已经都喝得烂醉如泥，但还在喝。因为我侧耳谛听时有人曾推开尾窗扔出件东西，我猜想是只空酒瓶。他们不光喝醉了，看来还暴跳如雷。骂声像冰雹一样散落，且高潮迭起，我还以为他们要打起来了。但叫骂声每次都平息下去，嗓音渐渐减低，转为嘟囔。隔了一会儿，危机重新爆发，但再次平静下来。

在远处的岸上，我看见一堆堆熊熊燃烧的篝火从水边的树后透出红光，有人在唱一首老掉牙的单调的水手歌，每句末尾都要用降调、颤音；而且没完没了，也就只有唱的人自己不烦。航行过程中我曾听到过好几次，记得其中有两句是：

> 七十五人随船出海，
> 只剩一人活着回来。

我觉得，这支忧伤的曲子对于伤亡惨重的一伙海盗来说，确实再适合不过了。然而，我接下来就看到，那些海盗同他们在其中航行的大海一样毫无感觉。

终于又来了一阵风，大船在黑暗中侧着船身向我挨近了些；我感觉到锚索再一次松弛了，就使劲把最后几股绳子完全割断。

风对小艇只轻轻一推，我几乎一下子就被推着对准希斯帕诺拉号的船尾撞去。同时大船在潮流的带动下开始慢慢地挣转身来，首尾打了个掉儿。

我拼命划桨，担心随时被大船带翻。我发现无论怎么也不能把小艇划开，就撑着它向大船尾部推去，这才摆脱那艘危险的大船。刚撑罢了最后一桨，我的手忽然碰到从后舷墙上挂下来的绳子，一下子抓住它。

为什么要这么做，我自己也说不清。起初这纯粹是一种无意识的动作，但我一抓它发现它的另一头是系牢的。好奇心就占了上风，我决意向房舱的窗子里张望一下。

我两手交替着拉住绳子往大船上靠，估计已靠得够近时，就冒着极大的风险抬高了半个身子，看到了房舱的顶板和舱内的一角。

这时，大船已和它的小伙伴儿顺流迅速下滑，我们的位置已与岸上篝火相齐。用水手的话讲，大船开腔的嗓门很大，也就是溅得哗啦啦的水声不绝于耳。在眼睛透过窗口之前，我一直不明白留守的人为何不发警报。不过我只看了一眼就明白了——我从那摇晃的小艇上也只敢看这么一眼——汉兹和他的伙伴互相掐着脖子扭作一团，正在作殊死搏斗。

我及时跳到座板上，险些掉进水中。一时间我什么也看不见，只有两张穷凶极恶的通红的脸在黑暗的灯下晃荡，我把眼睛闭上，让它们重新习惯于黑暗。

没完没了的水手歌谣终于唱到了尽头，篝火旁就剩下为数不多的海盗齐声唱起那首我熟得不能再熟的调子：

十五个人争夺死人箱——
唷呵呵，朗姆酒一瓶，快来尝！
其余的都做了酒和魔鬼的牺牲品——
唷呵呵，朗姆酒一瓶，快来尝！

我正寻思着，酒和魔鬼此时此刻正在希斯帕诺拉号的船舱里忙得不亦乐乎，不提防小艇突然一歪，同时大幅度转弯，像要改变方向。这时，潮水的流速奇怪地加快了。

我立即睁开了眼睛，周围只有伴随着刺耳的响声和微弱的磷光泛起来的细浪。我还没来得及摆脱希斯帕诺拉号后面几码的漩涡，大船自己好像也在摇摇摆摆地转换方向，我看见桅杆在漆黑的夜幕下颠簸了一下。我愈看愈肯定：它在朝南拐弯。

我回头一看，吓得心几乎要跳出来，篝火的红光就在背后，潮水已向右拐了个弯，把高高的大船和我那不断跳舞的小艇一齐带走了，水流愈来愈急，浪花愈溅愈高，潮声愈来愈响，一路旋转着通过那个狭隘的口子向开阔的海洋迅速退去。

骤然间，前面的大船猛的一偏，大约转了个二十度的弯子；几乎同时，从船上接连传来两声叫喊。我听见登上升降口梯子的"噔噔"的脚步声，知道了那两个醉鬼停止了打斗，灾难终于将他们惊醒了。

我可怜兮兮地趴在小艇底，把灵魂虔诚地交给造物主安排。到了海峡尽头，我相信我们必定会被汹涌的海浪吞没，那时所有的烦恼都将一了百了。死对我来说也许是可以忍受，可是眼睁睁地等待厄运来临却叫人受不了。

　　我大概就这样俯卧了几个小时，不断被巨浪抛来抛去，浑身被飞沫溅湿，每次都以为下一个浪头将带来死亡。我渐渐感到疲乏，甚至在恐惧中昏昏沉沉地打起盹儿来，最后居然睡着了。我躺在惊涛骇浪包围的一叶扁舟里，梦见了家乡和本葆将军客店。

小船游海

我醒来时天已大亮，发现自己漂浮在藏宝岛西南端的海面上。太阳已经升起，但还藏在西贝格拉斯山这个庞然大物后面不愿露面。西贝格拉斯山的这一边，山坡几乎伸展到海上，形成一面面陡岩峭壁，令人望而生畏。

帆索海角和后桅山几乎近在咫尺。后桅山是一座黑黝黝的秃山，帆索海角被四五英尺高的峭壁所包围，并缀以崩塌的大块岩石。我离岸至多有四分之一英里，所以第一个念头就是划过去靠岸登陆。

但这个想法不久就被迫放弃。咆哮的巨浪一秒钟也不停地接连击打在坠落的岩石上并反弹回来，一股股水柱飞溅四射，此起彼伏；如果我贸然登岸，纵使不被摔死在嶙峋的岩石上，也将在攀登悬崖绝壁时白白耗尽力气。

不过问题还不仅如此。我看到许多可怕的、黏糊糊的怪物——像是硕大无比的软体蜗牛——有的在像桌子一样平坦的岩石上爬行，有的扑通扑通跳进海里。这些怪物共有五六十只之多，它们的狂叫在岩石之间激荡起阵阵回响。

后来我才知道那是海狮，完全不会对人构成威胁。但它们的模样，加上海岸的陡峭和激浪的喷涌，已足够使我对这个登陆望而生畏。我宁可饿死在海上，也不愿冒这样的风险。

这时，有一个我认为比较好的办法摆在我面前。帆索海角之北地面开阔，在落潮时现出长长的一条黄沙滩。在沙滩之北又是一个岬角——地图上所标的名称是森林岬角——在浓郁苍翠的松树的掩映下，一直延伸到海边。

我记得西尔弗说过，沿着藏宝岛的整个西海岸有一股自南而北的湍流；从我所在的位置来看，我已经进入这股湍流的势力范围，于是我决定驶过帆索海角，保存体力尝试在森林呷角登岸——这个登陆点看起来更安全。

海面上微波荡漾。微风和着湍流温和而又平稳地从南方吹来，海浪此起彼伏，错落有致。

如果不是那样，我早就从此消失了。但即便如此，我那只弱不禁风的小艇居然能这样轻易地化险为夷也近乎奇迹。我躺在船底里，眯着眼睛从艇边望去，常常看到一个巨大的蓝色浪峰悬滞在我的头顶上空；只见小艇装上了弹簧一般轻轻一跳，就侧身滑进波谷，轻盈如一只小鸟。

不久我就变得非常大胆，便坐起来试着划桨。但只要重心稍有变动，立刻会对小艇产生严重的影响。我刚向船头挪动了一下身子，小艇马上一反原来轻柔的舞姿，顺着浪涛的坡面陡然坠落，简直使我头晕眼花；接着舰首猛地扎入下一个浪头深处，溅起一阵飞沫。

我浑身湿透，吓得半死，急忙又躺下；小艇似乎又恢复了镇静，仍像先前一样温柔地载着我在波浪中前进。看来划桨对它只有妨碍。既然我毫无办法调转它的方向，那又怎能希望弃它而靠岸呢？

我这一惊真是非同小可，然而头脑还清醒。我先是极其小心地用我的水手帽把艇里的水慢慢地舀出去，然后重新从艇边上向外瞧，观察它如何能够这样平稳地划过一个又一个浪头。

我发现，每一个浪头从岸上或大船甲板上看来犹如平滑光洁的大山，实际上却像陆地上绵延起伏的丘陵，既有峰顶，又有山谷和平地。可以说，倘若听任小艇自行其是，它自会转过去，扭过来，专挑低凹的部分为自己开路，避开浪头的陡坡和险峰。

"那么，现在，"我思量着，"显然，我还需安分地躺着。免得破坏艇身的平衡。不过，很明显，我也可以把桨伸出艇外，不时地在缓坦处向岸边划一两下。"主意既定，立刻行动。我用臂肘支住身体，以最别扭的姿势躺下，不时轻轻地划上一两桨，使舰首转向陆地。

这是一件很累、很慢的工作，但我取得了明显的进展。当我靠近森林岬角时，虽然已肯定来不及在那里登陆，我还是向东划了几百码。事实上我已迫近陆地，看得见绿色的树梢在微风中摇曳；心想：下一个岬角无论如何不能错过。

现在正需要找一个阴凉的地方，因为我已经渴得受不了。头顶上火辣辣的太阳，通过波浪反射出千百倍的光和热；溅到我脸上的海水，蒸发成盐霜刺激着我的嘴唇。所有这一切，使我喉干如焚，头痛欲裂。近在咫尺的树林几乎触手可及，登陆的愿望是那么强烈。但湍流很快把我冲过了岬角。当又是一片海面展现在我眼前的时候，我所看到的景象立即改变了我原来的想法。

在我正前方不到半英里处，我看见希斯帕诺拉号正在扬帆而航。我当然知道他们肯定要把我抓去，但我实在渴得难熬，几乎无法判断这件事是喜是忧。我还没来得及得出结论，已被惊愕的感觉完全笼罩，以至于除了睁大眼睛发呆外，不知如何是好。

希斯帕诺拉号扯着主帆和两张三角帆，美丽的白帆在太阳底下银光闪闪，皎洁如雪。我第一眼看到它的时候，所有的帆都鼓满了风。它朝着西北方向航行，我猜想船上的人打算绕过岛子回到抛锚地去。不久，它的方向愈来愈偏西，我以为他们发现了小船，要来抓我。可是后来它的船头竟转而对准风吹来的方向，完全处于逆帆状态，无能为力地停在那里好一阵子，帆贴着桅杆瑟瑟发抖。

"这些笨蛋，"我自言自语。"他们一定醉得跟死猪一样。"我心里想，要是斯摩利特船长知道了，非好好教训他们不可。

这时大船渐渐偏向下风，重新鼓帆调转航向。飞快地滑行一分钟左右，然后重又对准风吹来的方向停下。这样周而复始转了好几次，希斯帕诺拉号来来回回，上上下下地向东南西北猛冲猛撞，每次的结果总是恢复原来的状态，只是帆噼里啪啦空飘一阵。我这才明白船上根本没有人掌舵。那么，人到哪里去了呢？我想他们要么烂醉如泥，要么已经离开了大船；如果我能上船去的话，也许能让希斯帕诺拉号回到船长手里。

湍流以同样的速度拖带着小艇和大船向南而去。但大船在航行中有些剧烈颠簸，时断时续，每次打转总要花费很多时间，而且即使没有倒退，也几乎寸步未进。我若是敢坐起来划桨，一定能追上它。这个冒险计划激励着我；再想到放在前升降口旁的淡水桶，更使我勇气倍增。

我刚坐起来，几乎立刻又被溅了一身水，但这一次我下定决心，使出全身力气，极其谨慎地朝着无人掌舵的希斯帕诺拉号划过去。

有一次，一个浪头把那么多的水打进小艇，使我不得不停下来舀水，心像鸟儿抖动翅膀一样怦怦乱跳；但我渐渐地习惯了，能够划着小艇在波谷中蜿蜒而行，只不过偶尔有一点水从船首泼进来，在我脸上溅起一股飞沫。

现在我正以很快的速度靠近大船。我能看见船柄左磕右碰时闪出的铜光，而甲板上还是不见一个人影。我只能假设人都弃船跑光了。要不然，他们准是醉得昏天黑地，躺在船舱里。我也许可以把他们锁在里边，然后随心所欲地处置希斯帕诺拉号。

有一段时间大船不再打转了，这对我来说可谓是最糟糕的事情。

船头几乎朝着正南方向航行，当然不时略有偏差。它每次偏离正南，船帆被鼓起，又立刻使它对准风向。刚才我说这对我是最糟糕的事，因为希斯帕诺拉号尽管看起来处于束手无策的状态，帆篷噼里啪啦像在放鞭炮，滑车在甲板上轱辘辘地滚来滚去，乒乓作响；但它不光是以湍流的速度继续往北漂，再加上极大的风压差，所以无疑它跑得极快，使我怎么也追赶不上。

不过我总算得到了一个机会。在一次短暂的间歇中，风几乎全息，希斯帕诺拉号在湍流的拨转下慢慢地又开始打转，终于让我看到了它的船尾。船舱的窗户依旧开着，挂在桌子上方的灯在大白天里依旧亮着。主帆像是标语一样耷拉着脑袋。若非湍流带动，船会完全停下。

刚才有一会儿工夫我几乎已经看不见它；现在我加倍努力，再次向我的目标猛追。

我离大船已不到一百码，这时，风一下子又噼啪作响。船向左舷一转，让帆鼓满风，像只燕子俯身掠过水面，又滑动起来。

我先是感到失望，但继而转忧为喜。希斯帕诺拉号掉转船身，直到它的一面舷侧向我靠拢来，把我们之间的距离缩短一半、三分之二、四分之三。我已经看到波浪在它的龙骨前端下翻腾的白沫。我从小艇低处仰望大船，它显得出奇的高大。

这时我才突然明白事情不妙。我来不及思考，也来不及采取措施救我自己。当大船俯身越过一个浪头时，我正处在另一个浪尖上。船首的斜桅正好在我头顶上方。我纵身一跳，把小船踩入水中。我一只手攀住三角帆杆，一只脚嵌在支索和转帆索之间。就在我这紧抱帆杆、心怦怦直跳之际，一声沉闷的撞击声告诉我：大船居高临下地把小船撞沉了，我就此被切断了退路，只得留在希斯帕诺拉号上。

我降下了骷髅旗

我刚攀上船首的斜桅，三角帆就像放炮似的啪一声鼓满了风，转往另一个方向。大船转向时全身直至龙骨都在剧烈震动，但紧接着，别的帆还张着，船首的三角帆却又一次收了起来，像泄了气的**球松**垂下来。

这一震动险些把我扔下海去。我毫不迟疑地顺着斜桅爬去，最终头朝下跌倒在甲板上。

我处在水手舱背风的一侧，扬开的主帆挡住了我的视线，把后甲板的一部分遮住。一个人影也没有，从叛乱开始以来，没有洗刷过的甲板上留着许多脚印。一只断颈的空瓶像个小动物一样在排水孔之间滚来滚去。

突然，希斯帕诺拉号的船头又不偏不倚地对着风向。三角帆在我背后发出啪啪的声音，接着是舵的砰然巨响，整个船身剧烈抖动着。就在这一刹那，帆脚索的滑车发出嘎吱的响声，主帆向舷内一晃，下风面的后甲板一下子暴露在我的眼前。

那里显然是两个留守的海盗。戴红帽子的家伙一动不动，龇牙咧嘴，两臂伸开，像钉在十字架上。伊斯莱尔·汉兹靠舷墙坐着，下巴垂在胸前，双手展开放在他面前的甲板上，在棕黑色的面孔映衬下，脸越发像涂脂的蜡烛一样苍白。

顷刻间，大船像一匹烈马腾空跃起。帆鼓满了风，忽而向着一边，忽而向着另一边。帆杆来回晃荡，晃得帆樯大声叫饶。不时还有一阵阵浪花飞过舷墙，可以感到船头与波浪沉重地相撞。总而言之，这艘装备良好的大船摇晃得那么厉害，比起来还是我那只已沉入海底的原始小舟稳当得多。

船每振动一下，戴红帽的海盗就跟着左右滑动，但看着叫人害怕的是：尽管被风浪这样抛来扔去，他的姿势和龇牙咧嘴的怪笑却丝毫不受干扰。同样，随着船身的每一次摆动，汉兹好像越向甲板颠倒，他的腿就往外伸得更远，整个身体愈来愈向船尾一边倾斜，使我渐渐看不见他的面部，最后只能看到他的一只耳朵和一绺蓬蓬松松的络腮胡子。

在这同时，我发现他俩身旁的甲板上都有斑斑血迹。我开始相信，他们一定是在酒醉后的狂怒中自相残杀，同归于尽。

我正在这样惊讶地看着，在船身静止的片刻安宁中，伊斯莱尔·汉兹侧过身来，低沉地呻吟着，扭动身躯恢复我刚看到他时的姿势。那一声呻吟表示他处于痛苦和极度的虚弱之中，他口张着，垂着下颚的样子使我不禁动了恻隐之心。但我一想起躺在苹果桶里偷听到的那些话，怜悯之心立刻化为乌有。

我面向船尾走到主桅前边。

"我上船来向你报告，汉兹先生。"我以嘲弄的口吻说。

他勉强转动眼珠，但显然已筋疲力尽到了顾不上表示惊奇的地步，他只吐出一句话："白兰地！"

我明白不能耽搁时间。在帆杆再次晃荡着掠过甲板时，我身子一闪溜到船尾，从升降口的梯子走下去进入船舱。

这是一幅遭到大破坏的景象，那混乱的程度你简直难以想象。

凡是上锁的地方都被撬开，显然为了找那张地图。地板上沾着厚厚的泥浆，大概那帮歹徒从营地周围的泥沼里蹚过来以后，曾坐在这里喝酒或商量。漆成全白、饰以金色珠缘的船壁上留着肮脏的手印。好几打空瓶随着船身的颠簸互相碰撞，从一个角落滚到另一个角落。大夫的一本医书摊在桌上，一半书页已经被撕去，我猜想是用来点了烟斗。其中，一盏被烟熏成茶褐色的灯还在发出昏暗的微光。

我走进窖舱：所有的酒桶都空了，喝光了酒的瓶子到处乱扔，数量之多令人吃惊。毫无疑问，自从叛乱开始以来，再也没有一个海盗能保持清醒。

我搜索了一番，发现一只瓶子里还剩下一点点白兰地，准备拿去给汉兹；我给自己找到一些面包干、一些腌过的水果、一大把葡萄干和一块干酪。我把这一切带到甲板上，放在舵柄后面舵手够不着的地方；接着走到淡水桶跟前，喝了一个饱；然后才把白兰地递给汉兹。

他一口气至少喝掉了四分之一品脱，然后才把瓶子移开嘴唇。

"嗳！"他说，"妈的，刚才我想要的就是几口这玩意儿！"

我已在角落里坐下来开始吃东西。

"伤得厉害不？"我问他。

他咕噜了一声，我看更像是狗叫了一声。

"要是那个大夫在船上，"他说，"我要不了多久就能好起来；可是我不走运，你瞧，才落到这般光景。那个杂种已经彻底完蛋了，"他指指戴红帽的人说，"他一点儿没有水手的气派，你是打哪儿来的？"

"嗯，"我说，"我是来接管这条船的，汉兹先生；在没有进一步的指示之前，请你把我看作你的船长。"

他轻蔑地看了我一眼，但什么也没说。他的两颊恢复了些血色，不过样子还是很虚弱，船颠簸时他的身体还继续侧向一边，贴近甲板。

"对了，"我往下说，"我不能要这面旗，汉兹先生；请允许我把它降下来，宁可不挂旗，也不能要它。"我再次躲过帆杆跑到旗索前，把那面该死的黑色海盗旗降下来，扔到船外。

"上帝保佑君王！"我挥动帽子喊道。"让西尔弗船长见鬼去吧！"

汉兹敏锐而又狡诈地留心窥视着我，他的下巴须儿一直耷拉在胸前。

"我想，"他终于说，"我想，霍金斯船长，你好像打算到岸上去。咱们谈一谈吧。"

"好哇，"我说，"我非常乐意，汉兹先生。说下去吧。"我回到角落里继续津津有味地吃我的东西。

"这个家伙，"他向死人那一边略微点点头说道，"他叫奥布赖恩，是个臭爱尔兰人。他跟我扯起了帆，打算把船开回去。现在他死了，像船底的污水一样死臭；我不知道谁来驾船。要是没有我指点你，你是对付不了的，因为你没有经验。只要你给我吃的和喝的，再给我一条围巾或手绢包扎我的伤口，我就告诉你怎样驾船。我发誓，这叫公平交易。"

"我可以告诉你，"我说，"我不打算回到基德船长锚地去。我要把船开进北港，静静地在那儿登岸。"

"那好哇！"他叫了起来。"归根到底，我也不是个恶魔似的笨蛋。难道我不懂吗？我碰了一下运气，结果输得精光，让你占了上风。你说进北港？好吧，反正我别无选择，不是吗？哪怕要我帮你把船一直开到正法码头，我也照办，妈的！"

我觉得他的话好像有点道理。我们的买卖就此成交。三分钟后，我就使希斯帕诺拉号沿着藏宝岛海岸轻松地顺风行驶，很有希望在中午以前绕过北角，然后折向东南，赶在涨潮前开进北港，趁此时让船安全冲上浅滩，再等潮水退去后登陆。

于是我把舵柄缚牢，走到舱里去从我自己的箱子里取出一块我母亲的柔软丝帕。在我的帮助下，汉兹用这块手帕包扎好大腿上还在淌血的伤口。随后他稍稍吃了点东西，又喝了一两口白兰地。他的情况有了明显的好转，坐得直了些，嗓门也提高了，说话也清楚了，跟刚才已判若两人。

风也助我一臂之力，船像只鸟儿乘风飞翔，很快地挺过岛岸，沿岸呈现不同的美景。不久我们就驶过了高地，在稀稀落落点缀着几棵矮松树的低沙地旁滑行。不一会儿，我们把沙地也抛在后面，并且绕过了海岛最北端角上的一座岩丘。

我对这项新的职务感到十分得意，晴朗而又阳光普照的天气和岸上不断变化的风光使我心旷神怡。我现在有的是淡水和好吃的东西，原来因不辞而别感到内疚的良心已由于我赢得了这样伟大的胜利而告慰。我可以说是心满意足了，只是舵手的一双眼睛总是嘲笑似的盯着我，随着我的移动而移动，他的脸上不时现出一种异样的笑容。这是一个干瘪老头的微笑，在一定程度上反映出他的痛苦和衰竭；但是，除此以外，他的笑容总带有一点讥诮，蒙着一层心怀叵测的阴影。我在那里忙忙碌碌，他始终以狡诈的目光向我注视着，注视着，注视着。

伊斯莱尔·汉兹

此时，对我们非常有利的是风已转为西风。没费多大周折，我们从岛的东北角驶到了北汉水湾。但是，我们无法让船停靠下来，必须等潮水涨得更大些才敢让船冲上沙滩。我们得抓住时机。舵手告诉我如何掉转船头向风行驶；经过不断地努力，船终于停下来了。于是我们俩坐下来，一言不发地吃着东西。

"船长，"他终于说道，还带着那副不大自在的微笑，"这儿躺着的是我的同船老伙伴——奥布赖恩，你还是把他扔进海里去吧。向来，我都不在乎这种事情，并不会因此而良心上感到不安，我只是觉得，他躺在船上有点煞风景，你看呢？"

"我可没有那么大的力气，何况，我并不乐意干这种差事，我说，还是让他躺在那儿吧。"我答道。

"吉姆，这船希斯帕诺拉号非常不吉利，"他眨了眨眼，继续往下说，"自从咱俩从布里斯托尔出海以来，好多人已经死在了这条船上，水手们多么倒霉啊！一生中我从来没有遇到过这么倒霉的事。你看这个奥布赖恩吧，不也死了吗？我是个大老粗，而你有文化，你念过书，你能不能明明白白地告诉我：一个人死了就彻底完蛋呢，还是能再活过来?"

"你应该知道,汉兹先生,你可以从肉体上消灭一个人,但不能灭掉他的灵魂。"我答道。"奥布赖恩已经到另一个世界,也许他正看着咱们呢。"

"啊,简直是晦气!"他说,"看来杀人完全是浪费时间。不过依我之见,鬼魂并没有什么灵魂。吉姆,我是敢于同鬼魂打交道的。现在,你把话都已经说白了,请你到下面房舱里去帮我拿那个叫什么来着呢……对了,一瓶葡萄酒吧,吉姆,白兰地太烈了,喝了以后,我头痛得受不了。"

舵手的支支吾吾一点都不正常,我根本不信。他说的要葡萄酒,不要白兰地,这全然是一种借口。显然,他是想把我从甲板上支开;但我怎么也猜不出他的用意何在。他从来都没正眼看我一下,老是东张西望,左顾右盼;忽而看看天上,忽而瞥上一眼死去的奥布赖恩,一直他都佯装微笑,不断把舌头伸出以示非常歉意和尴尬。因此连两三岁的小孩都能看得出这家伙是心怀鬼胎,不安好心的。然而,我还是痛快地答应了他,因为我知道我毕竟是处于有利地位的,对付这样一个傻瓜蛋,我能够容易地自始至终不流露出我的疑心的。

"葡萄酒?"我说,"挺好,是喝白的还是红的?"

"嗯,都行,小伙计,"他回答道,"还是度数高些吧,多拿一点,白的红的都可以。"

"好的,"我答道,"汉兹先生,我去给你提波尔图葡萄酒上来,但我得去找一找。"

说完,沿着升降口我匆忙跑了下去,并尽量弄出很大声响;然后脱掉鞋,悄悄地跑过圆木走廊,爬上水手舱的梯子,把头伸出前升降口。我想他是不会料到我会藏在那儿的;然而,我还是小心谨慎。果然,我的猜测得到了彻底的证实。

在甲板上,他凭借他的双手和双膝爬行着。显然,在爬行时,他的一条腿疼得很厉害（因为我听见他竭力控制住呻吟），但他匍匐前进的速度很快。半分钟工夫，他爬到了左舷的排水孔那里，从盘成一堆的绳子下摸出一把长长的小刀，准确地说，应是一把匕首，上面的血直流到齐柄处。伸出下颚，汉兹仔细瞧了一下，用手试了下刀刃，慌忙把它藏在上衣襟怀里，随后又爬回到舷墙旁的原位置上。

这一切正是我需要知道的。伊斯莱尔能够四处爬行，而且还有了武器，他想方设法打算把我除掉，显然，我也可能成为他的牺牲品。他还想干什么呢？从北汉爬行穿越海岛回到沼泽的营地呢，还是鸣炮让他的同伙来营救他呢？我无法猜出。

然而，有一点我可以信任他：在如何处置希斯帕诺拉号问题上，我们有着共同的利益。我们都希望它安全地停靠在一个避风处，到时可能轻易地、不冒风险地再次把它带出去。那么，我就不会有任何生命危险。

当脑海里闪现着这些念头的时候，我的身体并没有闲着，而是偷偷地溜回房舱，重新穿好鞋子，顺手提起一瓶葡萄酒，又回到了甲板上。

汉兹仍像我离开他时那样躺着，身子蜷缩成一团，眼皮耷拉着，似乎身子虚弱得怕见一点儿光。然而，看见我来，他抬起头，接着又像一位老手一样，猛的一下砸掉瓶颈，照例说一句："一切顺利！"一口喝了个干净。静静地又稍过片刻，他掏出了一束烟叶，恳求我为他切一小节。

"切一小节给我吧，"他说，"我没有小刀，又没有力气。唉，吉姆，吉姆，我简直受不了了！切一小节吧，这可能是我嚼的最后一口烟了。毫无疑问，我快回老家了。"

"行，"我说，"我切一小节给你。然而，要是我是你的话，觉得自己不行了，就会像一个基督徒去忏悔祷告的。"

"为什么?"他说道,"告诉我,为什么?"

"为什么?"我叫道,"刚才你问我,人死了以后会怎么样。你背信弃义,犯下了许多罪行,双手沾满了鲜血;你脚边的这个人不就是你杀死的吗?居然,你还问我为什么!汉兹先生,请求上帝宽恕你吧,这就是为什么。"

想到他口袋里藏着的那把血迹斑斑的欲结束我性命的短剑,我的讲话有些义愤。他喝了许多葡萄酒,因此他的讲话语调也不同寻常。

"三十年来,"他说,"我一直在海上漂泊,好的,歹的,幸运的,倒霉的,风平浪静的,大风大浪的,缺粮断炊,舞刀弄枪,什么世面没见过。对了,我可告诉你,好人总是没有好下场的。我认为,凡事应该先下手为强,后下手遭殃。死人是咬不着活人的,你瞧,这不是明摆着的吗?"忽然,他语气一变,"这些都是胡扯。潮水已经涨得差不多了,霍金斯船长,听从我的吩咐,咱们定能把船开进港汊。"

事实上,我们的船只需再行驶不到两英里,但航行起来相当艰难。北边搁浅地的入口处又窄又浅,迂回曲折,须得技术高超方能把船驶进。

我认为自己是个干练的副手,深信汉兹是个出色的领航员。我们三弯九转,左躲右闪,擦过一处处浅滩,船走得稳当利索,令人非常惊叹。

我们的船刚穿出尖角,立刻进入陆地的包围之中,北汊的岸上同南锚地沿岸一样被茂密的树林包裹着,但这儿水面比较狭长,更像一条河湾。往南望去,进入我们眼帘的是一艘船的残骸,即将腐烂殆尽。那是一艘很大的三桅帆船,然而长期日晒雨淋,风吹雨打,四处布满了湿漉漉的海藻,灌木已在甲板上生根,盛开着鲜艳的花儿。多么凄凉的一幅景象啊!但也表明这里是一处安全锚泊地。

"嗨,"汉兹说,"你看,从那里冲上岸滩正好。沙粒又细又平滑,没有一个小坑,周围都是树林,那条旧船上的花朵开得多像在果园里似的。"

"但一旦上了沙滩,我们又怎样才能再次开船呢?"我问道。

"嗯,这样吧,"他答道,"落潮时你拉一条缆绳到那边岸上去,缠在一棵大松树上,再拉回来缠在绞盘上,然后躺下等待潮水。等水涨高时,咱俩一起用力拉缆绳,船就会像美人儿似的含羞地挪动着。注意,小家伙,准备动身了,我们快接近沙滩了,船跑得过快,向右拐点——好的——把定——向右拐——多拐一点——把定——把定!"

他就这样发布着口令,我聚精会神地执行着,突然他喊道:"行啦,我的宝贝,转舵向风!"

我使劲转舵,希斯帕诺拉号来了个急转弯,船头一下冲在布满矮树的低岸。

由于刚才全神贯注于停船靠岸,我暂时忘却了先前我对老舵手的警惕。之后,我还在饶有兴致地看着船靠岸,先前一直担心的危险,全部被抛到了脑后。甚至还伸长脖子探出船舷外观看海面上泛起荡至船头的涟漪。

突然我心中一阵不安,转头往回看,我可能还来不及进行自卫,就已葬身鱼腹了。可能是我听到了吱吱嘎嘎的声响,或许是眼角的余光看见他的影子在移动,或许是一种像猫一样的直觉。总之,当我回头望时,发现汉兹右手持着匕首已向我逼近了。

当我们四目相对时,我们都大叫了一声;如果我发出的是恐怖的尖叫声,那他发出的是像一头进攻的公牛式的怒吼声。就在那一瞬间,他猛地朝我扑来,我随时放开了手中的舵柄,朝船头那边跳去。舵柄的突然转向救了我一命,因为它正好撞在汉兹的胸膛,他一下子失去了知觉。

等他回过神来，我已从刚才被困的角落里逃到了安全的地方。甲板上有好多躲藏的地方，正走向主桅杆前，我停了下来，从口袋里摸出了一支手枪。尽管他这时已经向我追来，我还是镇静地瞄准了他，扣动了扳机。撞针突然掉在了地上，既没有火光，也没听到爆炸声音。原来火药被海水浸湿就打不响了。我骂自己不该这样粗心大意。之前我为何没把我仅有的武器重新装好子弹呢？我也不至于落得现在这种狼狈不堪的下场。我就像一只试图从屠夫手中逃命的小羊。尽管汉兹受了伤，但他的动作依旧敏捷快速。他那些花白的头发散乱在他那因气急败坏而发红的脸上。我没时间试另一支手枪，说实在的，也不想，试也打不响。但有一点是清楚的：我不能在他面前一直后退。否则他会很快把我逼到船头上去，正像先前他几乎快把我困在船尾上一样的，一旦被他捉住，他那沾满血迹足有八九英寸长的匕首将会结束我的性命。我一把抓住主桅杆，桅杆又大又结实。此时，我神经上的每一根弦都绷得紧紧的。

汉兹看见我躲闪，他也停了下来，有一两次试图佯攻，我也以佯攻对付。这种游戏我儿时常在家乡的黑山湾上岩石附近玩过。但是不用说，都没有这么让人胆战心惊过。正如我所说的，这到底是一个小孩子玩的把戏。我想我完全能对付这个舵手，何况他大腿还受了伤。想到这儿，一下子我勇气倍增，甚至我还在快速地盘算：这事该如何结束。尽管我非常清楚，我可能同他周旋很长时间，但我看不到有任何一丝最后逃生的希望。

正当我们对峙时，突然，希斯帕诺拉号摇晃着，一下子冲上浅滩，然后风驰电掣地倾倒在了船侧，直至甲板与沙滩竖成了45度。大约有一百加仑的水从排水孔涌了进来，在甲板与船舷之间形成了一个水滩。

顷刻间，我们俩都失去了平衡，几乎同时都滚进了排水孔处的水滩。戴着红帽的死人两臂伸开依旧躺着，也跟着我们直直地滑了下来。我和汉兹挨得很近，我的头撞在他的脚上，这一撞把我的牙都磕得咯咯响。强忍着疼痛，我先站了起来。因为汉兹被死尸挡住了。船突然倾斜使得甲板也不可能成为逃生之处，我得另寻别处逃生。就在我的敌人快抓到我的那一刹那，我急中生智，纵身一跃，抓住了后桅的支桅索，两手交替急速往上爬，一口气爬到桅顶横桁处坐了下来。全凭我的动作快，才救了我一命；在我往上爬时，匕首在离我不到半英寸以下嗖地飞了过来，汉兹从下面仰面望着我，酷似一尊带着失望而又惊讶的情人雕像。

现在我有了喘息的机会，马上装好一支手枪的子弹，以便备用；为了更加保险，我把另一支手枪也换上了新子弹，这一下可把汉兹吓得惊慌失措。见势不妙，犹豫顷刻之后，他也吃力地抓住了支桅索，嘴衔着匕首，痛苦而又缓慢地往上爬。拖着他那受伤的大腿，同时还不断地呻吟，在他还没爬到三分之一时，我已经把两只手枪的子弹都装好了。然后，双手各执一枪，开始对汉兹讲："汉兹先生，要是你再爬一步，我就让你的脑袋开花！要知道，死人是咬不着活人的。"我笑着又加了一句。

他立刻停住了，从他面部肌肉的抽动，我看出他还在想对策，绞尽脑汁。他仗着自己身处安全地带，放声大笑。最后他一动不动地待在原地，把叼在嘴里的匕首拿了出来，咽了一两口唾液才开口说话，他脸上仍然带着那种非常迷惑不解的神情。"吉姆，"他说，"我俩都耍了不少花招，我们得订一条规矩，要是船没倾斜的话，我早就把你干掉了，可惜我运气不好。要知道，吉姆，让一个老水手在像你这样刚上船的毛孩子面前认输，真是不好受。"

我回味着他这番话，得意洋洋像只飞在墙上的公鸡。突然，他的右手向背后一挥，一只像剑似的东西在空中嗖地一声飞了过来，然后是一阵剧痛，我的肩被钉在桅杆上。在那剧痛和惊讶之刻，我的两只手枪响了，接着都从手中掉了，我是否有意识地开了枪，我不知道，但我可以保证我不是故意瞄准汉兹的。掉下去的不光有手枪，伴随着咽噎的叫声，汉兹的手从桅杆上松了，头朝下掉进了水里。

虎穴被俘

由于船身倾斜，桅杆远远地伸出在水面上方。我坐在桅顶横桁上，下面只有一湾海水。汉兹因刚才爬得不高，即他离甲板不近，所以掉在我和舷墙之间的水里。他从鲜血染红的水中浮起一次，随后就永远沉下去。水面平静以后，我看见他全身缩着躺在清澈明亮的沙地上，旁边倒映着小船的侧面，两条鱼儿从他身旁游过。有时因为水微微波动，他似乎动弹了一下，好像想站起来。但他毕竟死了：既被枪打死，又掉在水里淹死。他原来想在这个地方把我干掉，不料自己到这里来喂了鱼。

我刚确定这一点，便开始感到恶心、头晕、恐慌，全身感到热血沸腾。把我钉在桅杆上的那把短剑，像火红的烙铁钉在我肩膀上。然而，我并不怕这点皮肉之痛，我完全一声不哼地忍过去；我怕的是可能会从桅顶高处掉入平静的蓝色海水中，紧挨在副水手长的尸体旁。

我双手紧紧抓住横桁，直到指甲感到疼痛。我闭上眼睛，不敢面对危险。渐渐地，我又头脑清醒，心跳恢复正常，我又有了自控力。

　　我首先想拔出那把短剑；但也许插得太深，也许是我不忍疼痛，只好放弃这个念头，我打了一个剧烈的哆嗦。说来奇怪，这一阵战栗发挥作用。事实上，那把刀子差一点就根本伤不到我，它只伤了我一层皮，我一哆嗦就把这层皮撕断了。所以，血流得更厉害，不过我比较自由了，只有上衣和衬衫还被钉住在桅杆上。

　　最后，我猛地把衣服扯离了桅杆，从右舷梯回到甲板上。由于遭受惊险，我说什么也不再从垂在船外的舷梯下去，刚才伊斯莱尔就是从那里掉下水的。

　　于是，我下房舱去想法处理伤口。肩膀疼得很厉害，血还在淌。但伤口不深，没有危险，也不妨碍我使用胳膊。我环顾四周，想到这条船从某种意义上讲已归于我，所以开始考虑清除船上的最后一名乘客——奥布赖恩的尸体。

　　正如前面所说，他滑到了舷墙旁边躺在那里，像一个可怕而丑恶的傀儡；虽然跟真人一样的身体，却根本没有人的血色或生气。他处在那种状态，我很容易对付。我已经习惯那些冒险的行动，见了死人几乎一点儿也不害怕。我抓住死人的腰部，就像提一袋麸皮那样举起他使劲扔向船外，只听扑通一声落进水里，一顶红帽子从头上掉下，漂浮在水面上。等到被溅浑的水澄清下来，我看得见他跟伊斯莱尔互相紧挨着，两人都在水的震撼下微微晃动。奥布赖恩虽然年纪还很轻，却是一个秃头。他躺在那里，秃头枕在杀死他的那个人的膝盖上，一些游鱼在他俩上方游来游去。

　　我孤身一人待在船上，开始退潮水。太阳快要落山，西岸的松影横过水湾渐移渐近，把松枝的图纹映在甲板上。晚风吹起，虽被东面的双峰小山阻挡着，船上的索具被吹得直发出呜呜的、细细的响声，闲着的帆也啪嗒啪嗒地晃动着。

　　我开始觉察到船面临着的危险，便迅速收下三角帆，扔到甲板上，但主帆却不好处理。船倾斜时，主帆的下桁倾出船外，桅帽与两英尺左右高的帆垂入水下。我认为这极其危险。但是帆篷绷得非常紧，以致我不敢采取措施。后来，我终于掏出刀子割断升降索。桁端的帆角立刻落下，松弛的帆张开大肚子漂浮在水面上。不论怎样用力，我也拉不动收帆索，只能如此了。希斯帕诺拉号也只能听天由命了，如同我自己一样。

这时间整个锚地都笼罩在薄暮中，我记得夕阳的最后一道余晖穿过林间，照在鲜花盛开的破船残骸上，如同宝石闪闪发亮。我开始感到寒意。潮水向大海里哗哗地退去，希斯帕诺拉号愈来愈倾斜，很快就要翻倒。

我爬上船头四处观望。水已经相当浅了，为了安全，我双手抓住割断的锚索，小心地翻到船外。水快淹到我的腰部，沙底相当坚实，波纹起伏。我兴致勃勃地走上岸，丢下侧倒的希斯帕诺拉号船，它张开的主帆飘扬在海湾的水面上。差不多在这同时，太阳完全落下去。在一片暮色中，微风在摇曳的松树间发出的低吟声清晰入耳。

至少，我总算逃回到了陆地，而且不是空手回来的。我弄回来的那只船现在停在这里，随时可以载着我们自己的人重新航海。我心中直想迅速回到寨子里去显耀我的功劳。也许因擅离岗位我要挨几句骂，但是夺回希斯帕诺拉号是我最有力的回答。我期望，甚至斯摩利特船长也会承认我没有浪费时间。

我这样一边思考，一边怀着好的心情开始踏上返回木屋和我的伙伴所在的方向的路。我想起流入基德船长锚地的几条小河中最东的一条发源于我左边的双峰山。于是我就转向那座小山，打算在水浅的地方涉过小河。这里的树木稀疏，我沿着较低的斜坡行走，不久就绕过山脚。又过了一会，我穿过一条有小腿一半深的小河。

现在我已走到靠近我曾遇见本·冈恩的地方，他被逐放在这里过。因此我走得比较谨慎，眼睛不时地看着两旁。天色几乎完全黑了，当我通过双峰间的裂口时，发现天空中发出闪烁不定的光；我猜想一定是那个岛中人在一堆燃烧的篝火旁做晚饭。可是我心中暗暗思考：他怎么这样粗心大意？既然我能看见这火光，难道就不怕被西尔弗从岸边沼泽间的营地里发现吗？

夜色愈来愈浓，我只能大致奔向我的目的地。我背后的双峰山和在我右手的西贝格拉斯山轮廓愈来愈模糊，天上的星星稀疏而又暗淡。我走在低地上，时常被灌木绊倒，滚进沙坑。

忽然间，我周围一片明亮，抬头一看，一轮苍白的月光照在西贝格拉斯山顶上。不久，我看见一个银色的大盆子似的东西从树丛后面较低的地方冉冉上升，知道是月亮出来了。

我借着月光想抓紧时间走完余下的路程，走一阵，跑一阵，急于靠近寨子。不过，当我进入栅栏外围的树丛时，我没有冲动，而是放慢脚步，非常小心，以防万一被同伴误认为敌人而遭到射击，那我就枉费心机了。

月亮越升越高，洒下树林中较为宽阔的地方，但在我正前方的树丛中，却出现了一种色彩不同的亮光。这是一种红色的热光，时而暗淡，像是余烬的篝火正冒着烟。

这到底是怎么回事，我大惑不解。

我终于来到寨子所在的林中空地边上。它的西边已沐浴在月光下，其余的部分，包括木屋在内，仍笼罩在黑暗中，但也被一道道长长的银辉所穿透。在木屋的另一面，一大堆火已烧成灰烬，射出通红的反光，与柔和明净的月光形成强烈的对比。周围不见一个人影，除了风声，一片寂静。

我停下脚步，心中十分纳闷，也许还有点害怕。我们不可能烧这么大的篝火。按照船长的命令，我们非常节约用柴。我开始担心在我离开期间这里发生了大事情。

我偷偷地从东边绕过去，尽可能躲在阴影中，选择一个最黑暗的地方翻过了栅栏。

为确保安全，我趴倒在地上，用手和膝盖悄无声息地爬向木屋的一角。当我挨近那里的时候，我的心一下如释重负。屋里鼾声四起，极其难听，在别的时候我常常抱怨别人发出这样的杂音；但现在听到我的朋友们在熟睡中一齐发出这样响亮、安宁的鼾声，简直如一首美妙的音乐。航海时值夜人报告"平安无事"的喊声尽管美妙，但从来没有这鼾声令人舒心。

不过，有一点是毫无疑问的：他们疏忽了守卫工作。如果西尔弗一帮人现在向他们发动偷袭，肯定一个人也活不到天亮。我想这是因船长负了伤的结果。于是我再次痛责自己，不该在岗哨人员缺乏的时候擅自离岗，使他们面临着生命危险。

此时我已爬到门口站起身来。屋里一片漆黑，什么也看不见。至于声音，除了熟睡者持续不断的鼾声外，还听到轻微的响动声，像是什么东西在扑翼或啄食，但我说不出究竟是什么声音。

我伸出双手摸索着一步一步地走进木屋，打算躺到自己原来的铺位上，心中暗自笑着，心想他们明天早晨发现我时，准会呈现一副吃惊的表情。

我被什么软软的东西绊了一下，那是一个睡着的人的腿。他翻身嘟哝了一句，但没有醒来。

突然，从黑暗中响起一个尖锐的声音。

"八个里亚尔！八个里亚尔！八个里亚尔！八个里亚尔！"

这声音一直叫下去，既不停歇，也不变调，像一架小风车转个不停。

原来这是"弗林特船长"——西尔弗的绿鹦鹉！我刚才听到的原来是它在啄一块树皮的声音。原来是它在执行警戒任务，而且执行得比任何人都好，它用这喋喋不休的重复句向主人报道着我的到来。

我根本来不及从震惊中恢复镇定。睡着的人被鹦鹉不断的叫声惊醒后纷纷跳起来；只听到西尔弗骂了一句，然后厉声喊道：

"什么人？"

我转身想逃，但却猛烈撞在一个人身上，一弹回去，又正好倒在另一个人的怀里，那人两手一合，立刻紧紧地抱住了我。

"狄克，快拿火把来。"西尔弗吩咐道，这时我已被他们逮住，再也不能动弹。

于是有人跑出木屋，很快就拿了一支点亮的火把回来。

身陷敌营

红色的火把照亮了木屋的内部，我所料想的最坏的局面呈现出来。海盗们果然占领了木屋和所有的储备，那桶法国白兰地、那些猪肉和干面包都放在老地方，却不见一名俘虏，这更让我汗毛直竖。唯一的可能是，他们已全部遇害了。我没能与他们同甘共苦，良心受到强烈的谴责。

屋中一共只有六名海盗，此外就没有其他活人了。有五个人突然跳起来，满脸通红，杀气腾腾，一副醉梦中突然惊醒的样子。第六个人刚刚用胳膊肘撑起身子，面色死灰，头上缠着绷带，上面还带着血迹。显然他是才受伤的，而包扎伤口的时间则更近一些。我想起昨天激烈的火拼中，有个人被击中后逃回了树林里，毫无疑问，那个人就是他。

鹦鹉蹲在高个儿约翰肩上用嘴整理着身上的羽毛。西尔弗本人面色苍白，表情严肃，估计平常不是这个样子。他还穿着跟我们谈判时穿的那套漂亮的双幅绒面套装，但蹭了不少泥，还被带刺的灌木扯破了好几处，其实早就不能再穿了。

"哦，"他说，"原来是吉姆·霍金斯呀，好哇！上这儿来做客啦？来得好，欢迎欢迎！"

他在白兰地桶上坐下来，开始装一斗烟。

"让我借个火，狄克。"他说。在点着了烟斗后，他又加了一句："行了，伙计，把火把插在柴堆上吧。还有你们，绅士们，可以随便些！不必站在那儿，霍金斯先生不会介意的，你们可以相信我。我说，吉姆，"他吸了一口烟，"你来这里真使我可怜的老约翰喜出望外。我第一次见到你就看出你是个机灵的小家伙，但这会儿你来，我却实在弄不明白为什么。"

当然可以想象，对他这些话，我一言不发。他们把我按在墙壁上，我背靠着站在那儿，直盯着西尔弗的脸，装出毫无惧色的样子，但心里已经绝望了。

西尔弗不动声色地吸了一两口烟，接着又侃起来。

"吉姆，既然你已来到这儿，"他说，"我想同你好好聊聊心里话。我一向很喜欢你，真的，你是个有脑子的年轻人，就跟我年轻漂亮的时候一样。我一直希望你能加入我们这边，得了财宝你也有一份，保你一辈子过得体面。现在由不得你了，好孩子。斯摩利特船长是个航海的好手，我一直这样说，可是他讲原则了。他常说'尽职尽责，尽职尽责'，这话在理儿。可你竟撇下你们的船长，一个人跑了。大夫对你恨得咬牙切齿，骂你是个'没良心的狗东西'。说来说去，你不能再回到那边去了，因为他们不再想要你。除非你自立门户，做个光杆司令，否则你就不得不加入我西尔弗一伙。"

还好，我的朋友们还活着。我相信西尔弗的话有些是真的，比如他说大夫他们对我擅自出走极为恼火，但听了这番话，我并不特别难过，反倒有一种解脱感。

"我并不是说你落到我们手里了，"西尔弗继续讲下去，"尽管事实上的确如此，这你自己也清楚，我主张心平气和地讲道理，我以为强行逼压没有什么好处。你要是想干就加入我们这伙；你要是不

干，吉姆，你尽可以回答不干，我绝不强求。伙计，要是哪个水手能说出比这更公道的话，让我不得好死！"

"你要我回答吗？"我问，声音有些发抖。我感觉在这番捉弄人的言语背后隐藏着随时置我于死地的威胁。我的两颊发热，心里怦怦直跳。

"小家伙，"西尔弗说，"没人强迫你，好好想想。我们不催你。伙计，你看，跟你在一起总是很愉快的。"

"好吧，"我说，渐渐胆子也大起来，"如果让我选择的话，我想说我有权知道究竟发生了什么事，你们为什么在这儿，我的朋友哪儿去了？"

"发生了什么事？"一个海盗用低沉的声音嘟囔着，"鬼知道究竟发生了什么事！"

"没问你，你最好给我闭上你那臭嘴，伙计。"西尔弗狠狠地喝住开口的人。接着他还是用先前那种文雅的语气回答我说："昨天傍晚，霍金斯先生，李沃西大夫打着白旗来找我们，要求议和。他说，'西尔弗船长，你们被扔下了。船已经开走了。'是的，也许乘我们喝酒唱歌的当儿，他们把船开走了。这一点我不否认。至少我们谁也没发觉。我们跑过去一看，船果真不见了。我从来没见过这样一群傻瓜蛋干瞪眼时的傻样，你尽量相信我的话，没有比这帮家伙更蠢的了。大夫说，'那好，让我们谈谈条件吧。'我跟他讲妥了条件，我们到这里来，食物、白兰地、木屋，还有劈好的柴火，多亏你们想得周到，用我们的话说，一条船从桅顶到龙头都归我们所有。至于他们，反正已经离开了，现在究竟在哪儿，我可不知道。"

他又慢悠悠地吸了几口烟。

"为了免得你牵挂，条约也把你包括在内，"他继续说，"我可以把当时最后几句话告诉你。我问，'你们一共几个人去？'他说，'四个，其中一个受了伤，至于那孩子，不知他跑哪儿去了，见他的鬼去吧！我管不了那许多了。想起他我们就生气。'大夫就是这么说的。"

"就这些吗？"我问。

"可以让你听的就这些了，我的孩子。"西尔弗答道。

"现在就要我作出选择，是不是？"

"对，现在就决定，你可以相信我。"西尔弗说。

"好吧，"我说，"我不是个傻瓜，不至于不知道该选择哪条道。你们爱怎么着就怎么着，我不在乎。自从认识你们以来，经我看到的就死了不少人。不过有几件事我要对你们讲。"我这时非常激动了："首先，你们在这儿的处境不妙，船走了，财宝丢了，人也死了；你们整个计划都弄糟了。你们想知道是谁干的吗？——就是我！是我在发现陆地的那天晚上，躲在苹果桶里听到了你——约翰，还有你——狄克·约翰逊，还有现在已沉到海底的汉兹的谈话，不到一小时我就把你们说的每一句话都告诉了船长。至于那条船，也是我割断绳索，杀死了你们留在船上看守的人，是我把船开到你们任何人都见不到的地方。该嘲笑的是你们，这件事，刚开始我就占了上风。在我眼里，你们并不比一只苍蝇可怕，要杀要放随你们的便，我只想提一句，如果你们放了我，过去的账一笔勾销。倘若你们因为当过海盗受到审判，我将尽我所能救你们的命。现在该轮到你们选择了。再杀一个对你们没什么好处，要是放了我，留下一个证人，还可以让你们免受绞刑。"

我停下来歇了口气，因为我已说得上气不接下气。使我惊奇的是，他们坐在那里一动不动，像一群绵羊似的盯着我。趁他们仍盯着我看的时候，我又讲开了。

"西尔弗先生，"我说，"我相信你是这里最聪明的人。万一我有个三长两短，烦你让大夫知道我是怎么牺牲的。"

"我会记住的。"西尔弗说。他的语调令人费解，我这辈子也弄不明白，他究竟是在笑话我提出的请求呢，还是被我的勇气打动了呢。

"我还可以添一桩事，"一个面似红木的老水手说。他姓摩根，我是在高个儿约翰开设在布里斯托尔码头上的酒店里看见他的。"是他认出了黑狗。"

"对了，还有，"船上的厨子又添了一句，"我还可以加上一件：就是这小子从比尔·蓬斯那儿弄走了真地图。总而言之，我们的事坏就坏在他的手里！"

"那我们就动手吧！"摩根说着骂了一句。

他拔出刀子跳了起来，好像二十岁的小伙那样激动。

"住手！"西尔弗喝道，"你是什么人，摩根？你以为你就是一船之长吧？我要好好教训教训你！让你知道我的厉害。跟我作对，我就送你下地狱！你已经有很多先行者了。三十年来，凡是跟我过不去的人，有的被吊上帆桁顶上，有的扔到了海里，都喂了鱼。还没有谁敢跟我较量较量，否则他会有好日子过的。汤姆·摩根，不信你就走着瞧。"

摩根不言语了，但是其他人还在那儿嘀嘀咕咕的。

"汤姆说得对。"两个人说。

"别人的气，我受够了，"另一个补充说，"要是再让你牵着鼻子走，约翰·西尔弗，我宁愿被绞死。"

"各位还有什么话要对我讲吗？"西尔弗吼道，他坐在酒桶上向前探着身子，右手握着还未灭的烟斗。"有话就讲，你们又不是哑巴，想说的就站出来。我活了这么大的岁数，到头来能让一个酒囊饭袋在我面前吵吵嚷嚷？平时都自吹是刀尖上打滚的好汉，你们是晓得这一行的规矩的。我准备好了，有能耐的把弯刀拔出来比试比试！虽然我只有一条腿，我要在一袋烟烧光之前，让他白刀子进去，红刀子出来。"

没有一个人动弹，没有一个人吱一声。

"你们就这点脾气，嗯?"他又说了一句，把烟斗重新叼在嘴上。"瞧你们那副德性，站出来较量较量都不敢，连话都听不懂。我是你们推选出来的船长。我当船长是因为我比你们高明，高出一海里。既然你们不想像一个真正的好汉那样跟我较量，那就听我的，你们可以相信我的话!我喜欢那孩子，我还没见哪个孩子比他更聪明。他比你们这群胆小鬼中任何两个加在一起都更像男子汉。我倒要看看，有谁敢碰他一下——信不信由你们。"

接着是持久的沉默。我靠墙边站直了身，心还像敲鼓似的咚咚直跳，但心中已闪现出一线希望。西尔弗双手抱在胸前，靠墙坐着，烟斗叼在嘴角上，像在教堂里一样平静。然而两只眼睛却滴溜溜地乱转，余光始终监视着那帮桀骜不驯的手下。那些海盗逐渐退到木屋的另一端，聚成一团，叽里咕噜地小声议论着，声音像小河流水般源源不断地传过来。他们不时抬起头来看看我们，这时，火把的红光就会在一瞬间照亮他们紧张的脸孔。但他们的视线对着的是西尔弗而不是我。

"你好像有许多话要讲，"西尔弗说着向空中远远地啐了一口，说:"大声说出来让我听听，要么就闭嘴。"

"请原谅，先生，"一个海盗过来了，"你经常违反一些规矩，也许有些规矩你最好还是注意些好。大家都对你不满。我们可不是好欺负的，我们有同其他船上水手一样的权利——我就是敢这样说。根据你自己定下的规矩，我认为我们可以商量商量。请你原谅，先生，尽管我承认目前你是我们的船长，但是我还是要行使我的权利:我要到外面去商量一下。"

这个家伙，大个子，黄眼珠，三十四五岁左右，模样很丑。他向西尔弗敬了个标准的水手礼，然后不紧不慢地向门外走去，其余的几个家伙学着他的样，一个接一个地走到西尔弗跟前，向他敬个礼，打声招呼，然后走出屋去。有人说，"按规矩。"摩根说，"去开个水手会。"就这样你一句我一句都走了出去，只剩下我和西尔弗在火把旁。

船上厨子立即把烟斗从嘴里拿出来。

"现在你看，吉姆·霍金斯，"他用勉强可以听到的声音在我耳边低语道，"你的生命正处在紧要关头，更可怕的是可能要受刑，不能让你痛快地死。他们打算把我推翻。不过，你也看到了，我一直在千方百计地保护你。起初我并没这个意识，是你的一番话提醒了我。按我原先的想法，我会失去很多，到头来还得上绞架，那真让我失望。但我觉得你说得对。我心里对自己说，'你帮一下霍金斯吧，约翰，将来霍金斯也会帮你的。你是他的最后一张王牌，可事实上，他是你的救命索！以恩报恩嘛，我说，你救了他这个证人，他自会搭救你的性命！'"

我模模糊糊地开始明白他的意图了。

"你是说一切都完了吗?"我问。

"当然完了，上帝作证，我真的这么想!"他回答说。"船丢了，脑袋也掉了——就是这么一回事。那天我向海湾一看，没见到我们的船，吉姆·霍金斯，我这人是不服输的，但现在确实没办法了。至于那帮家伙，他们商量不出什么名堂来的，你放心，他们都是十足的笨蛋和胆小鬼。我会竭尽全力把你从他们手里救下来。但是你看现在，吉姆——做人得以德报德——你可不能对不起我老约翰。"

我十分吃惊，看起来希望这么渺茫的事——他这个不折不扣的老海盗头子也想到了。

"能做的，我一定做到。"我说。

"就这么定了!"高个儿约翰高兴地喊道，"你的话像个男子汉。娘的，我有救了。"

他一瘸一拐走到插在柴堆上的火炬旁边，重新点着烟斗。

"相信我，吉姆，"他走过来后说，"我是个有头脑的人。我现在已站到文明人的一边。我知道你把船开到了一个安全的地方了，你是怎么干的，我不知道，但船肯定是安全的。我猜汉兹和奥布赖恩的尸体已泡烂了。我一直信不过这两个家伙。你记着：我什么也不问，我也不希望别人问我。我知道自己输定了，我也知道你是个可靠的小伙子。啊，你这么年轻。我和你联手，一定可以干出一番大事业来。"

他从酒桶里倒了些白兰地在锡罐里。

"你要不要尝尝，伙计？"他问。我谢绝了。"那我就自己喝一口，吉姆，"他说，"我需要提提精神，回头麻烦事还多着呢。说起麻烦，我倒要问你：吉姆，大夫为什么把那张地图给了我？"

这话让我打心底觉得非常惊讶，他见了，知道没有再问的必要了。

"真的，他把地图给我了，"他说，"不过这里面肯定有问题，毫无疑问。吉姆，——或好或坏，肯定有。"

他又喝了一口白兰地，摇了摇他那大脑袋，像是预先知道了未来凶多吉少。

黑券又至

那几个海盗商量了好些时候，其中一个才回到木屋来，再次向西尔弗敬了个礼——在我看来，这礼带有点讽刺的意味——他想借火把暂用一下。西尔弗爽快地同意了，于是这个使者又出去，把我们留在漆黑的木屋中。

"要刮风了，吉姆。"西尔弗说。这次，他的语气已变得非常友好和亲切。

我转身凑到最近的一个枪眼边向外看。先前那一大堆火的灰烬都快烧完了，只发出微弱昏黄的光，我这才明白那些密谋者为什么要借火把。他们在木屋和栅栏之间的斜坡上聚成一堆：一个拿着火把，另一个跪在他们中间，跪着的手里拿着一把刀，刀锋在月光和火把下反射出多变的颜色，其他人微微弯着腰，好像是在看他干什么事；我只能看到他另一只手里拿着一本书。我正在纳闷他怎么会拿着这个不合时宜的东西的时候，跪着的那个人已经站了起来，于是他们全体一齐向木屋走来。

"他们过来了。"我说完又回到原来的位置上。如果让他们发觉我在偷看，将有损于我的尊严。

"让他们来吧，孩子，让他们来吧，"西尔弗高兴地说，"我口袋里还有一件法宝没用呢。"

门开了，五个人站在屋门口挤做一堆，把其中一个往前一推。他慢慢地走过来，每跨一步都要犹豫一下，向前伸出的右手握得紧紧的，要是在其他任何场合，这种模样是很滑稽的。

"过来，伙计，"西尔弗喊道，"我不会吃了你的，把东西递给我，你这个傻大个儿。我懂得规矩，我不会为难一个使者。"

经他这么一鼓励，那个海盗胆子大了点。他加快脚步走上前来，把一件东西放在西尔弗手中，然后麻利地溜回同伴的身边。

厨子看了看交给他的东西。

"黑券！不出所料。"他说。"你们从哪儿弄来的纸？天哪，糟了，你们看看，这下完了！闯大祸了。你们是从《圣经》上撕下来的，是哪个混蛋干的？"

"瞧瞧！"摩根说，"瞧瞧！我说过什么来着？这事准定没有好结果，让我说着了不是？"

"哼，这大概就是你们刚才商量决定的。"西尔弗继续说："我看现在你们个个都得上绞架。《圣经》是哪头蠢驴的？"

"狄克的。"一个海盗说。

"狄克，是你的吗？那就让狄克祷告吧。"西尔弗说，"狄克的好运这回算是到了头。你们瞧着我说的对不对。"

但这时那个黄眼珠的大个子插嘴了。

"先别说那些，约翰·西尔弗。"他说，"大伙一致决定按老规矩把黑券给你，你也按规矩把它翻过来看看上面写着什么，然后再说。"

"谢了，"厨子应道，"你一向办事干脆，乔治，你把规矩也记得很牢，我很高兴。好吧，不管怎么说，让我看看上面写的是什么？啊！'下台'，是这么回事吗？字写得漂亮，真的，跟印的一样，我

敢保证。这是你写的，乔治？你在这伙人中间的确是出类拔萃，你
会当选下一届船长的，我不觉得奇怪。再将火把借我用一用，好吗？
这烟斗吸起来不大通畅。"

"行了，"乔治说，"你不要再骗大伙儿了。你凭三寸不烂之舌尽
装好人，可现在不顶用了。你还是从酒桶上跳下来，让我们投票
选举。"

"我还以为你真懂规矩呢，"西尔弗轻蔑地回答道，"你要是不懂
的话，我教你。别忘了，眼前我还是你们的船长。我要在这里直等
到你们提出对我不满意的理由来，我再给你们答复。眼下的黑券一
文不值。这以后，咱们再走着瞧。"

"哦，"乔治答道，"你尽管听着，耿直人有啥说啥。第一，这趟
买卖都让你给弄砸了，你有种就说不是。第二，你让敌人白白地溜
出了这个进得来出不去的地方，他们为什么想离开，我不知道，但
显然他们是希望离开的。第三，你不让我们追击。哦，约翰·西尔
弗，我们算把你看透了，你想脚踏两只船，这就是你的不是了。第
四，你竟然偏向这小子。"

"还有吗？"西尔弗平静地问道。

"这些就足够了，"乔治反击道。"是你把事情弄得一团糟，害得
我们都得上绞架，早晚会被晒成鱼干。"

"好吧，你听着，现在我来答复这四条，让我一条一条地回答。
你说这趟买卖都坏在我身上，是不是？你们都知道我的打算，你们
也知道，如果一切顺利的话，今晚我们能像往常一样回到希斯帕诺
拉号船上，不会死一个人，稳稳当当的，而且我担保船舱里会装满
了金银财宝！可是是谁打乱了我的计划？是谁碍了我的事儿？我是
你们选出来的合法船长吗？是谁在我们上岸的当天就把黑券塞到我
手里，弄这么个鬼把戏？啊，这把戏可真绝——也算上我一个——
还真像伦敦城外正法码头上脖子上套着绳圈跳的水手舞。这到底是

谁领的头？嗯，是安德森、汉兹还有你，乔治·墨利！在这帮惹是生非的家伙中间，你是最该扔到海里喂鱼的。你这个坏事的家伙居然还厚着脸皮想爬到我头上来当船长。老天有眼！这简直比天方夜谭还荒唐。"

西尔弗停顿了一下，我从乔治及其同伙的表情上可以看出，西尔弗这番话没白说。

"这是第一条，"被指控的西尔弗喊将起来，抹去额头上的汗，大嗓门震得房子直响。"哼！告诉你们，我懒得跟你们说话。你们不明事理，还没记性，我真弄不懂你们的爹妈怎么会放心让你们到海上来做水手、碰运气！我看你们只配做个裁缝。"

"往下说，约翰，"摩根说，"另外几条呢？"

"啊，另外几条！"约翰反驳道，"好像罪过不少，是不是？你们说这趟买卖搞砸了，天啊，上帝！你们要是知道事情糟到什么地步的话，你们就会明白了！咱们上绞架的日子不远了，我一想起来脖子就发硬。你们可能都见过：戴着锁链的犯人绞死在半空中，四周围着海。趁涨潮出海的水手会指着问：'那是谁？'有人会回答说：'那个么？哦，那是约翰·西尔弗，我跟他熟得很。'这时你会听到尸体上的锁链被风吹得叮当响。直到船拐到下一个浮标处还听得到。咱们都是爹娘生的，为什么要落到这样的下场呢？这都得感谢乔治·墨利，感谢汉兹，感谢安德森和你们中其他成事不足败事有余的傻瓜们。如果你们要我答复有关这个孩子的第四条，那就听我的！他难道不是一个很好的人质吗？为什么不利用他一下呢？不，这不是我们的做法。他也许是我们最后的一线希望，这点我不怀疑。杀了他？我不干，伙计们！还有第三条，是不是？嗯，这第三条还真有些谈头，也许你们还有良心没忘了一位真正大学毕业的大夫每天来为你们看病这件事吧。你，杰克，脑袋开了花；还有你，乔治·墨利，不到六小时就跑肚一次，直到现在两眼还黄得跟橘子皮似的。

难道你们忘了吗？也许你们没料到会有船来接他们吧？但确实有，用不了多久；到那时又有谁会庆幸扣留了一个人质呢？至于第二条，为什么我要和他们做交易——明明是你们爬到我跟前求我答应的——当时你们跪在地上，愁得要命，要不是我做了这笔交易，恐怕你们早就饿死了！但这还是小事。你们看这儿，这就是为什么！"

说着，他把一张纸扔在地板上，我立刻就认出来了——不是别的，正是我在比尔·蓬斯箱子底里发现的用油布包着的泛黄的地图，上面画有三个红色的叉。我实在想不出为什么大夫要把这张地图给他。

但是，如果说这个疑问我无法解释的话，那么，幸存下来的那帮叛徒更是难以相信地图就摆在他们面前。他们像一群猫发现一只耗子似的扑向那张纸，你抢我夺，争来争去，他们看着地图，一边叫骂，一边呼喊，还发出孩子气的笑声。你会以为他们不光是摸到了金银财宝，甚至已经安安全全地装在船上扬帆返航了。

"是的，"其中一个说，"这的确是弗林特的图。这'J·F'两个字母，还有下面的一道线和丁香结，正是他签名的花样。"

"太好了，"乔治说，"可我们没有船，怎么把财宝运走？"

西尔弗腾地跳起来，用一只手撑在墙上，呵斥道："我警告你，乔治。你要是再啰嗦一句，我就对你不客气，放你的血。怎么运走？我哪里知道？你倒是应该说一说——你和另外那些蠢材一味胡搅蛮缠，把我的船给丢掉了。你这该死的！问你也没用，你蠢得还不如一只蟑螂。不过你说话定要讲点礼貌，乔治·墨利，不要等我教你，你听见没有。"

"这话确实有道理。"老摩根说。

"当然有哩。"厨子说，"你丢了船，我找到了宝藏，究竟谁更有能力？现在我宣布，我不干了！船长的职位，你们要选谁就选谁。我是受够了。"

"西尔弗!"那些海盗齐声叫道,"我们永远跟'大叉烧'西尔弗走!'大叉烧'永远当船长!"

"嗯,这听起来还像句话!"厨子大声说,"乔治,我看你只好等下一轮了,朋友。也算你走运,我也不是个记仇的人,我从来不是那样的人。那么,伙计们,这黑券怎么办?现在没用了吧?算狄克倒霉,糟蹋了他的《圣经》。"

"我以后是不是还可以吻着这本书宣誓?"狄克嘟着嘴问,他显然是为自己招来的祸端感到十分紧张。

"用撕掉了书页的《圣经》宣誓?"西尔弗嘲笑道,"那怎么行!这跟凭着歌本儿起誓一样不能算数。"

"不算数?"狄克忽然高兴起来了,"那我还是要留着它。"

"给你一件宝贝,吉姆。"西尔弗说着,把那张小纸片扔给我。

这是一张银币大小的圆纸片。一面空白,原来是《圣经》的最后一页;另一面印着《启示录》的最后几节,我在家时对其中一句印象特别深刻:"城外有那些犬类和杀人犯。"印有经文的一面涂着炭末,染黑了我的手指头;空白的一面也是用炭写着一个词"下台"。这件纪念品至今还留在我身边,但字迹全掉了,只剩下一些像是指甲刮出来的粗糙的痕迹。

那夜的风波到此算是暂时告一段落。不久,每人喝了一通酒以后,大家便躺下睡觉。西尔弗出于报复,便派乔治·墨利去站岗放哨,并扬言道:万一有什么反叛的行为,就要他的命。

我一直合不上眼。老天爷知道,我确实有太多的事情需要考虑。我回想着下午在生命的最紧要关头杀死的那个人,而想得更多的还是西尔弗涉身其中的危险的把戏:他一只手控制着那些叛逆者,另一只手又想抓住任何机会避开风险保全身家性命,也不管是否行得通。他自己睡得挺香,呼噜打得很响。可我一想到他险恶的处境和前面等着他的可耻的绞刑,我还是替他感到难过,尽管他干过很多坏事。

君子一言

我，准确说是我们大家都被一个清晰有力的声音惊醒了，我看到连倚在门桄上打盹的岗哨也跳了起来，那声音从林边向我们传来：

"喂，木屋里的人听着！大夫来了。"

大夫的确来了。虽然我很高兴听到他的声音，但心里也别有番滋味，回想自己不听指挥，偷跑的行为，我很是惭愧。再看到由此我的处境——落到别人手里面临的危险，我简直没有脸面见他。

他肯定天没亮就出发了，因为这会儿天还黑着。我跑到枪眼往外一看，他就像西尔弗以往那样，站在齐膝的雾霭中。

"是你啊，大夫，早上好。"西尔弗完全醒了，笑容满面地招呼道。"你可真好啊，俗话说早起的鸟儿有虫吃。乔治，打起精神来，我的乖儿，去帮李沃西大夫跨过木栏，一切都正常，你的病人都挺好，挺快活。"

他就这样一人站在小山顶上嘟哝着废话，一手挂着个拐杖，一手扶在木屋墙上；声音、语气、表情都还是原来的那个老约翰。

"我们还有个惊奇给你，先生。"他继续道，"我们这儿来了一个小客人，嘻嘻，一位新住户，或者说新房客，精神抖擞；昨天一晚上都和我老约翰躺一块儿，睡得可香哩。"

这时李沃西大夫已翻过栅栏，离厨子很近；我听得出他声音也变了。他问道："是吉姆吗？""正是吉姆本人。"西尔弗说。

大夫马上停了下来，不发一言，过了几秒钟又才继续前进。

"好吧，好吧。"他最后说道。"先谈正事再叙交情。这话出自你的口吧，西尔弗，我们先去看你的病人。"

他随即走进木屋，冷冷地向我点了下头，径自给病号进行治疗。他看来无所顾虑，尽管他也知道和这帮一向背信弃义的恶魔打交道，他的生命随时受到威胁。他跟病人们聊天，仿佛是到英国普通住户家里的例行出诊。他的神态仿佛对那些人起了作用，他们表现得好像什么事情也未曾发生过，依旧把他当成随船的医生，而他们仍是忠实可靠的水手。

"你的身体有起色了，我的伙计。"他对头上绑着绷带的那个人说，"你的命真大啊，你的脑袋简直和铁打的一样结实。怎么样，乔治，好些了吗？你的脸色看起来很差，肝功能紊乱得厉害。药吃了没有？喂，伙计们，他吃了药没有？"

"吃了，先生，他吃了，当真吃了。"摩根回答说。

"你们看，既然我是反叛分子的医生（我认为叫狱医更贴切），"李沃西大夫用极讨人喜欢的幽默口吻说，"我把保全每个人的性命看成是和自己荣誉攸关的事情，这样就可以完整地将你们交给乔治国王或绞刑架。"

那些匪徒们面面相觑，但都把这句正中要害的玩笑话默默吞了下去。

"狄克觉得不舒服，先生。"有一个人说。

"是吗？"大夫问，"过来，狄克，让我看看你的舌苔。哦，难怪呢，他要是觉得舒服才奇怪了。他的舌苔足以吓坏法国人。他也害上热病了。"

"这样啊，"摩根说，"那是报应，因为他弄坏了《圣经》。"

"正如你们说的蠢得像头驴。"大夫反驳道，"连新鲜空气和瘴气，干燥的土地同传播瘟疫的臭泥潭都分辨不出。我认为——当然，这仅仅是一种猜想——很可能你们都得了疟疾；这种病治好之前可要吃不少苦头。你们露宿在沼地，是吗？西尔弗，你真让我搞不懂，在你们所有人中间，你是最有头脑的；可是在我看来，你连一点儿基本的卫生常识都没有。"

大夫挨个儿给了他们药，他们接受医嘱时顺从的样子实在可笑，完全不像杀人不眨眼的叛匪海盗，倒像贫民小学的学童。

"好了，"大夫说，"今天就到此为止。现在你们可否让我和那小孩谈谈。"

说着，他不经心地向我这边点一点头。

乔治·墨利正在门口吞服一种很难吃的药，一边乱唾乱啐。他一听到大夫的这个提议，立刻红着脸转过来咆哮着："不行!"还咒骂了一句。西尔弗张开手在酒桶上打了一拳。

"闭嘴!"他大吼一声，四周望了望，颇像一头威严的狮子。"大夫，"他换了平静的口气说，"我早就想到这一点，你喜欢那孩子。你看，我们大家都很感激你，信任你，都把你开的药像甜酒一样喝了，我保证把一切都办妥。霍金斯，尽管你生在穷人家，可算得上一位年轻君子，你能否像君子一样做到不逃跑?"

我毫不犹豫地向他做了保证。

"那么，大夫，"西尔弗说道，"请你走到栅栏外面，你到了那，我就把孩子带过来，你们可以隔着栅栏畅谈。再见，先生，代我们向特里劳尼先生和斯摩利特船长致意。"

大夫刚走出木屋，海盗们的不满情绪本来被西尔弗的黑脸面孔压抑着，现在全都爆发出来了。他们全都指责西尔弗是两面派，出卖同伙保全自己；总之，他们的指责都是对的，全都是西尔弗正在做的，一点儿也没有冤枉他。事实如此明显，我想象不出他这回有啥办法来扭转这些愤怒的矛头。但他们毕竟不是他的对手，何况西尔弗昨晚取得的胜利足以压倒他们。他骂他们是蠢货，笨蛋，反正各种骂法都用尽了。他说不让我同大夫谈话是不行的。他拿着地图冲他们脸上晃了晃，责问他们是否此时够胆撕毁协议而放弃发掘宝藏。

"不，不行！"他斩钉截铁地说。"时机一到，我们肯定撕毁协议。但在这以前，我要把那大夫先哄着，哪怕用白兰地给他刷靴子都成。"然后他叫他们生起火来，自己拄着拐杖，扶着我的肩膀大模大样走出去，任凭他们张口结舌不知所措。他们只是被他的巧言令色弄得无所应对，但并没有被说服。

"慢点，小老弟，慢点走，"他对我说，"他们要是看到我们着急慌张的样子，会一下子向我们扑过来的。"

这样我们故意不慌不忙地走过沙地，往大夫等候的那一边栅栏走过去，就在能听见说话的距离之处，西尔弗停下来了。

"大夫，你得把这事儿记下来，"他说，"这孩子会告诉你我怎样救了他的性命，怎样差点儿因此被赶下台来，你可以相信我。大夫，一个人像我这样于性命不顾，希望听见几句宽心的话总应该吧。现在不光是我的性命被搭上了，连这小孩的命也难保，大夫，我希望你能给我点希望，让我好支撑下去。"

西尔弗一到外面背对着他的同伙和木屋，就仿佛变成了另外一个人：他的双颊深陷，声音发颤，谁都没他演得像。

"怎么了，约翰，你害怕了吗？"李沃西大夫说。

"大夫，我不是胆小鬼，完全谈不上怯懦！"他打了个响指。"我要是害怕就不会这样说了。但说实话，一想起绞刑架我总忍不住发抖。你是个守信用的好人，没有比你更好的了。你不会忘记我做的好事吧，就像你不会忘记我做过的坏事一样，我知道。你瞧，我退到一边儿，让你和吉姆独自待会儿。这也请你帮我记上一笔。"

说完他退后一段距离，直到听不见我们谈话的地方，在一个树桩上坐下吹起了口哨。他不时转动身子，一会儿看看我，一会儿看看大夫，有时看看那些走来走去不顺服的歹徒——他们正忙于生火，并从屋子里拿出猪肉和面包来做早饭。

"唉，吉姆。"大夫难过地说，"你又回到这里，真是自作自受啊。我的孩子。老天作证，我实在不舍得责怪你。但有句话非说不可，不管你爱听不听；斯摩利特船长身体好的时候，你没敢逃走；他一病了你就开溜。真的，这简直就是懦夫行为。"

我承认这时我哭了。"医生，"我说，"你不要再骂我了，我已经把自己骂够了，反正用我的命来补偿吧。如若不是西尔弗，我这会儿早死了。大夫，相信我，我不怕死，死也活该，我怕的是刑罚。万一他们拷问我——"

"吉姆，"医生打断我，他说话的语气也变了，"我不能让你受折磨，吉姆。从栅栏翻过来吧，我和你一起逃跑。"

"大夫，"我说，"我不能食言。"

"我知道，我知道，"他忙不迭地说。"现在我们顾不上那些了。吉姆，**谴责**、耻辱统统由我来扛吧，我的孩子，但我不能把你留在这里。**快跳**过来，往这里一跳，你就自由了，我们可以跑得比羚羊还快。"

"不可以，"**我回答道**，"你清楚换了你自己也不愿这样做；你，乡绅，船长都不会这样做，我也一样。西尔弗信任我，我保证了就得回去。可是，大夫你没听我把话说完。万一他们拷问我，我或许会说出船在什么地方；我已经把船搞到了手上，一半靠运气一半靠冒险。现在船就在北汊的南部海岸，高潮线下面。潮水不涨时就搁浅着。"

"船！"大夫惊呼一声。我迅速把自己的冒险历程描述了一番，他听着沉默不语。

"这有点宿命的感觉,"他等我讲完了后说,"每次都是你救了我们的性命,难道你认为我们可能置你性命于不顾吗?这样会太对不起你了,我的孩子。你发现了敌人的阴谋,你找到了本·冈恩——这是你最大的功绩,包括以前的和未来的,哪怕你活到90岁。哦,对了,说起本·冈恩,他真是个捣蛋鬼。"

"西尔弗,"他叫道,"西尔弗,我要奉劝你一句,"等厨子走近后,大夫继续说,"你们千万不要急着去找宝藏。"

"先生,我竭尽全力,但恐怕没办法,"西尔弗说,"请你谅解,要救我和这孩子的命只有去找宝藏,你得相信我。"

"好吧,西尔弗,"大夫说,"既然如此,我再多说一句:你们找到宝藏时可得担心叫喊声。"

"先生,"西尔弗说,"坦白地说,我认为这太不公平了。你究竟是什么意思?你们离开木屋,又把那张地图给我,我都弄不明白。我闭着眼听你们的安排却连一句希望的话都没有。不,这太过分了。如果你不把这话讲明了,我没法再继续干下去。"

"不,"大夫若有所思地说,"我无权多讲,这不是我个人的秘密,西尔弗,否则我保证告诉你。我所说的已经超出我应有的权限,我因此要挨船长的骂了,决不骗你!首先,我要给你一点希望:西尔弗,如果我们都能活着离开这个陷坑,我一定尽我所能挽救你,只要不作伪证。"

西尔弗高兴坏了。"我相信,先生,你简直比我亲娘还亲。"他叫唤着。

"这是我对你的让步。"大夫继续说,"然后,我要给你一个忠告:让这孩子寸步不离你左右。如果你需要帮助,你就喊我,我现在就想法救你们,事实以后会证明我是否在骗你。再见吧,吉姆。"

就这样李沃西大夫隔着栅栏跟我挥手作别,和西尔弗点了点头,然后快步往树林中走去。

寻宝记——弗林特的指针

"吉姆,"就我和西尔弗两人时,他说,"我们都互相救过各自的性命,这点我不会忘记。我刚才瞧见医生叫你逃跑活命,我用眼角余光看到你说不行,就跟我的耳朵听到一样。吉姆,这事我记着。自从进攻失败以后,这是第一次看到一线希望。我们现在盲目去寻宝,我总觉得不妥。你我必须互相依靠,这样无论事情凶吉,咱们也能保住性命。"

这时,有人从火堆那里向我们招呼说早饭做好了。很快我们都散坐在沙地上吃面包干和煎咸肉。他们点的火堆足够烤一头牛,火很旺只能从顺风处接近它,即便这样也得非常小心。海盗们对食物也同样浪费,他们准备的饭菜是食量的三倍。有一个海盗大笑着把吃不完的东西扔进火堆,顿时火堆上火焰冲天,噼里啪啦。我从未见过如此不顾明天的人。鼠目寸光——是我对他们行为的最好形容。像这样糟蹋食物,放哨时睡觉,即便他们靠蛮力打赢一仗,也无法取得持久的胜利。

西尔弗坐在一边吃,让鹦鹉弗林特船长蹲在他肩上方。连他都不责骂他们的胡作非为,这让我无比惊诧。我想他这会儿比任何时候都显得更老谋深算。

"喂，伙计们，"他说，"有我这颗脑袋为你们着想，你们真是好福气啊。我已经得到我要打听的消息，他们的确手里有船。船藏在什么地方，我们还不知道；但只要发现了宝藏，我们会搜遍整个海岛找到船的。现在我们有两只小船，单凭这点我们处于上风。"

他口若悬河滔滔不绝，口里边塞满烤肉，他期望这样重塑他们的希望和信任，我猜想这样也是为他自己打气。

"至于人质嘛，"他继续说，"这是他最后的交谈了，与他最爱的人。从他们的交谈中我还听到一些消息，这还得谢谢他哩，都过去了。现在我们去寻宝的时候，我要用一根绳子拴住他。我们要像保护金子一样保护他，以防万一，这点你们都给我记住了。等船和宝藏都找到了，我们高高兴兴地回到海上去，那时再跟霍金斯先生结账，一定要好好谢谢他，决不亏待他。"

海盗们听了这番双关语自然快活异常。我的心情却无比沉重，如果他刚才设计的方案可行的话，西尔弗——这个两面派——将毫不犹豫地实施计划。他至今都是脚踏两只船。他寄托在我们身上的希望是免去绞刑，而他更希望的怕是和海盗们一起载着宝藏逃之夭夭。

再者，如果事情真的发展到要他履行向李沃西大夫作出保证的地步，我们的处境也岌岌可危。一旦他同伙的怀疑变成事实，他和我都得拼死抵抗：想想，他是个跛子，我是个孩子，如何敌得过这五名强悍的水手？

除了这两层的忧虑，我朋友们的举动也始终困惑着我。他们为什么离开寨子，为什么要交出地图，这些都难以解释。尤其更难理解的是医生最后对西尔弗说的话："找到宝藏时提防叫喊声。"如若你是我，一定能理解我吃早饭为什么味同嚼蜡，为什么跟在这些海盗后面去寻宝藏的心情这样沉重了。

　　如果有人在场看见我们，一定被这奇特景象吸引：所有人都身着满是油污的水手服，除了我以外人人都全副武装。西尔弗挎着两支步枪，一前一后，腰里还悬挂着一柄大弯刀，外套两边口袋各放了一支手枪。更加奇特的是弗林特船长坐在他肩上学着那些毫无意义的水手们的谈话。我腰间拴着根绳子，顺从地跟在厨子后面，绳子的一端有时被握在那只闲着的手里，有时被他用力地咬住，我就像一头牵着表演的狗熊。

　　其余的人都扛着各种东西：有的扛着铁锹和镐头——这是他最早从希斯帕诺拉号带到岸上的；有的扛着中午要吃的猪肉、面包和白兰地。所有的东西，我看得出都来自于我们的库存，可见西尔弗昨晚说的是真话。如果他不是和大夫有某种协议，他和他的同伙因丢了大船就只得喝清水，靠打猎过活。清水当然不对他们的口味，而水手未必就是好猎手，并且最重要的是，如果他们没有食物，也就未必会有充足的弹药。

　　就这样装备着的我们出发了——包括那个打破脑袋的，显然烈日下的行走并不适合他。我们一个接着一个蹒跚着来到岸边，有两只小船在那里。这两只小船上也遗留下这帮海盗醉酒后的痕迹：其中一只坐板是破的，两只都沾满了泥浆，水都没舀干。为了安全起见，我们得带上这两只小船。我们一行人分成两拨坐在小船上，向着锚地底部出发。

　　我们在途中对地图又展开了讨论。红叉显得太大了，不可能是指示确切地点的。背后的文字又非常不清楚。读者也许还记得上面是这样写的：

　　大树，西贝格拉斯山坡，位置北东北偏北。
　　骷髅岛，东东南偏东
　　十英尺。

大树是首要的标志。就在我们的正前方，锚地被高约两百至三百英尺的平台挡住。平台的北端与西贝格拉斯山的南肩相连，向南则渐渐隆起，形成陡峭多岩的后桅山。平台上布满了高低不等的松树。这里那里随处可见拔地而起高于其他松树的树种，大约有四五十英尺高。但弗林特船长所说的"大树"究竟是哪一棵，只有到现场用指南针才能测出。

情况虽是这样，可没到半路，小船里的每个人却都认定了自己喜爱的一棵树。高个儿约翰耸着肩膀建议到了现场再认定。

按照西尔弗的指导，我们划桨力气不大，以免过早消耗体力。经过一段很长的路程，我们在第二条河口上岸——就是从西贝格拉斯山多树的一面斜坡上流下来的。从那里向左拐，我们开始沿着平台的斜坡攀爬。

开初的泥泞难走和乱蓬蓬的沼泽草木大大影响了我们的进程。但山地渐渐陡峭起来，地下的路也越来越踏实了，林木变得稀松高大。我们正处于这个岛上最美丽的部分。芳香浓郁的金雀花和鲜花盛开的灌木占满了草地。翠绿的肉豆蔻丛到处都是，与红间绿荫的松树彼此掩映：两者的香气，浓香和清香互相调剂。空气异常清新让人神清气爽，这对于烈日下的我们来说无疑是美妙的清新剂。

海盗们成扇状散开，叫着喊着，跑前跑后。扇形中心靠后点就是我和西尔弗。我被绳子拴着，他则气喘吁吁地在滑的砾石中开路，不时我都要扶他一把，否则他会失足摔到山下去。

我们这样走了大约一英里半，快到达平台的坡顶，忽然最左边的一个人大声叫起来，带着恐惧。他不停地叫着，其他人都向他跑去。

"他不会发现了宝藏吧。"老摩根说，匆忙从我们右边跑过去，"还不到山顶哩。"

然而，就在我们到达那里时，发现事情完全不是那回事，在一棵相当高大的松树下有一具死人的骨架，被绿色的蔓草紧紧缠住，有部分小骨头还被提起来，地上有些衣服的残迹。我相信此刻每个人心中都涌出一阵寒意。

"他是个水手。"乔治·墨利说，他比其他人胆大，走近前去，细细检查衣服的碎片。"至少这是水手服。"

"嗯，不错。"西尔弗说，"八九不离十。我打赌这儿不会有主教来。但这具骨架姿势太怪了，一点儿都不自然。"

的确，再看一看，简直不能想象哪有死人的姿势会是这样。除了一些杂乱（或许是啄他尸体的大鸟和慢慢长出的蔓草造成的），此人直挺躺着，他的脚朝着一个方向，而手就像跳水时的姿势正和脚的方向相反。

"我的笨脑袋这会儿怎么有点灵感了，"西尔弗说。"这里有指南针，那边是骷髅岛的岬角尖，像颗尖牙一样突出。沿着这骨架的一条线测下方位就是了。"

于是就取出指南针来。尸体直指骷髅岛那边，指南针显示的方位果然就是东东南偏东。

"我说嘛，"厨子叫着，"这骨架就是指南针。从这里一直对着北极星，一定可以找到宝藏。不过，说真的，我一想到弗林特就浑身凉透。这是他玩的一个把戏，绝对错不了。当初他只带了六个人来这里，他把他们全杀了。他拖了这个人的尸体放在这儿当指南针。我敢打赌。看，长长的骨头，黄黄的头发。那一定是阿拉戴斯。你还记得阿拉戴斯吗？汤姆·摩根？"

"嗯，没错。"摩根回答。"我记得他，他还欠我钱，他上岸时还拿了我的刀。"

"谈到刀子，"另一个海盗说，"我们为什么没看见刀子呢？弗林特是不会翻水手口袋的，他不是那样的人，而鸟儿更是拿不走刀的。"

"有道理，一点儿没错。"西尔弗大声说。

"这儿什么也没有留下，"墨利说，边说边绕着骨架看，"既没有铜板，也没有烟盒，我觉得太不正常了。"

"对，是很反常，"西尔弗表示赞同，"既不正常也不好受。乖乖，我说兄弟们，如果弗林特还活着，这里可就是你我的下场了。当初他们是六个人，现在咱们也是六个人。可是那些人现在都只剩下骨架了。"

"我亲眼看见弗林特死了。"摩根说。"是比尔带我进去的，当时他躺在那儿，眼睛上都放着铜板。"

"死了，他肯定死了并下了地狱。"头上缠着绷带的那个人说。"但如果真有鬼魂游荡，一定是弗林特的。天啊，弗林特死得可难看了!"

"是这样的，"另一个水手接着说，"他一会儿大怒，一会儿要喝朗姆酒，一会儿又唱《十五个人》那首歌，他唯一会唱的那首。伙计们，告诉你们实话，我自此再也不愿听到。天气相当热，窗户都开着，我清楚地听见这首老歌从窗里传出来，死神那时已在向他招手了。"

"好了，好了，"西尔弗说，"别再谈这些了。他死了，不会再出来游荡了，至少大白天是不会出来的，你们大可相信我。当心别吓破了胆。我们去拿金币吧。"

我们又出发了。但尽管烈日光线都很强烈，海盗们再不敢分开，不再在林里高叫了，而是互相紧靠，说话也屏着呼吸。对于死去的海盗头子的恐惧已经占据了他们的心灵。

· ·

寻宝记——树林中的人声

部分因为恐惧，部分因为西尔弗和那些生病的海盗，全体人员一登上平台顶就坐下来了。

平台略略朝西，这样我们坐的地方向两边都可以望得很远。在我们前面，越过树梢，我们看得见波涛汹涌的森林湾，我们后面不仅可以俯视锚地和骷髅岛，还看得见沙尖嘴和东部低地以外的宽广的洋面。我们头顶上方正对着西贝格拉斯山，有的地方点缀着零星的松树，有的地方是黑色的崖壁。四周一片沉寂，除了远方波浪的声音和无数昆虫在灌木丛中的声响，没有一个人，海上也没有帆船，空旷的景象增添了寂寥的感觉。

西尔弗坐下，用指南针测了下方位。

"这儿有三棵'大树'"，他说，"从骷髅岛一直延伸到那边。我认为'西贝格拉斯山坡'就是那块低地。现在要找到宝藏就如小儿寻宝那么容易。这会儿去吃了饭再说。"

"我还不很饿，"摩根嘀咕道，"想到弗林特，我就没心思吃饭。"

"是啊，我的乖儿，你得庆幸他死了呢。"

"他简直就是丑陋的恶魔，"第三个海盗大叫着，打了个寒噤，"脸色铁青！"

"这都是朗姆酒造成的，"墨利补了句，"铁青，没错，他的脸的确是铁青的。"

自从发现了那具骨架并思考了这许多东西，他们谈话声音越来越小，到后来甚至变成了耳语，这样几乎没有打破林中的寂静。突然，在我们前方的丛林中，一个又细又尖，发颤的嗓音唱起了熟悉的语调和歌词：

> 十五个人争夺死人箱——
> 唷呵呵，来一瓶朗姆酒呀！

我从没有见过有比海盗们表现得更害怕的表情，这六个人脸色如土，有的弹跳起来，有的死死抓住别人，摩根则紧紧贴在地上。

"那是弗林特，我的——！"墨利惊叫道。

歌声戛然而止，就如突然开始一样，被中断的音符就像有人用手捂住了歌唱者的嘴。从清新阳光的空气中飘来的歌声让人觉得无比动听，所以我不能理解我的同行者怎么会有这么奇怪的反应。

"走吧，"西尔弗使劲张开了死灰色的嘴唇挤出这样的话语，"这样不行，我们出发吧！这事蹊跷，我分辨不出这是谁的声音，但唱歌的人是有血有肉的人，你们得相信我的话。"

他说话的当儿又恢复了勇气，脸上有了些血色。其他人听了这些鼓励的话也开始恢复常态。正在这时，那声音又响起来；但这回不是唱，而仿佛从远山飘过来的回音，微弱地泛起在西贝格拉斯山之间。

"达比·麦克—格劳！"那声音在哀鸣——我只能用这两个字来形容它——"达比·麦克—格劳！"这样一遍遍地重复着。然后声音略微提高了些，并夹杂了一句话（我把它略去了）。"达比，拿朗姆酒来！"

海盗们如脚上生了根，眼睛直往上翻。在这声音消失后许久，他们仍就呆立在原处不动，失魂落魄望着远方。

"这回错不了！"一个海盗气急败坏地说。"我们快走吧。"

"那是他死之前最后一句话，"摩根呻吟着说，"我记得很清楚。"

狄克拿出他的《圣经》，开始念念有词地祷告。狄克在出海当水手，和他们同流合污之前，曾受过很好的教育。

西尔弗又一次顶住了。我能听见他牙齿间咯咯作响，但他并未屈服。

"没人听过达比这人吧，"他自言自语地说，"除了岛上这儿的几个。"然后，他强作镇静叫道："伙计们，我是来寻宝的，无论是人还是鬼都不能让我退却。弗林特活着的时候我都不怕他，现在我起誓，我也不怕他的鬼魂。就距这儿四分之一英里，埋着价值七十万英镑的财宝。怎么会有来碰运气的绅士，因为害怕铁青脸的老醉鬼（更何况他已经死了），而不理这些财宝呢？"

但这回他鼓励的话语并没在他同伴中有多大反响，相反更增添了他们的恐惧。

"得了吧，约翰！"墨利说。"不要触怒了鬼魂。"

其他人都鸦雀无声。如果有胆子的话，他们早四处逃散了。恐惧让他们不敢逃走，而是靠拢约翰，似乎只有他的胆量能支持他们。西尔弗本人已很大程度上克服了一时的怯弱。

"鬼魂，也许是的。"他说，"但有件事我不明白，那儿有回声。没人见过有影子的鬼魂，对不？那我想知道鬼叫怎么会有回声呢？那太不正常了，不是吗？"

这理由在我看来根本站不住脚。但你绝对意料不到什么能够影响迷信的人。让我惊奇的事，乔治·墨利反而大大舒了口气。

"是这样的，没错。"他说，"约翰，你的确是有脑子，一点儿不假。出发吧，伙计们！我想大伙儿刚才都撞邪了，现在想来，那声音有点儿像弗林特，我也承认，但并不完全一样。这更像另一个人的声音，更像——"

"对了，更像本·冈恩！"西尔弗叫了起来。

"对，没错儿，"趴在地下的摩根用手撑了起来。"就是本·冈恩。"

"这又有什么分别呢，不是吗？"狄克问道。"本·冈恩和弗林特一样都是死人。"

但是老水手们觉得他的发问可笑至极。

"但谁也不在乎本·冈恩，"墨利说，"不管他是死是活，没人怕他。"

真是奇怪，他们的情绪立刻恢复了常态，脸上又有了血色。不久，他们又开始交谈起来，偶尔停下来听听；又过了一会儿，再听不见什么动静了，他们就把工具扛在肩上重新出发。墨利走在阵首，他带着西尔弗的指南针使队伍始终保持与骷髅岛同在一条直线上。他说的是实话，不管是死是活，谁都不怕本·冈恩。

狄克独自捧着本《圣经》，边走边心惊胆战地四处打望。但没人同情他，西尔弗还嘲笑他的过分小心。

"我跟你说，"他说，"你已经把《圣经》弄坏了，拿着它宣誓没用的，鬼魂怎么会买账，别想了！"他拄着拐杖停了下来，用粗大的指头打了个响指。

但狄克已不可能安宁了。我很快看出这个小伙子病得厉害，随着炎热、疲乏和恐惧的加剧，李沃西大夫所预言的热病显然使他体温上升。

平台顶上林木稀疏便于行走。刚才我提过，平台朝西有点倾斜，所以我们走的大体上是下坡路。大大小小的松树间距很宽，而一丛丛的肉豆蔻和杜鹃花之间也有不少空地在烈日下暴晒。我们这样朝西北走完全岛，慢慢临近西贝格拉斯山的肩膀，也越来越看清我曾经坐着摇晃的小舟经过的西海湾。

我们来到第一棵大树下，但经过测定，方位不对。第二棵树也如此。第三棵松树拔地两百英尺，周围是一簇簇矮树丛。这棵巨树，深红的树干有小木屋那么大，宽大的绿荫足可以容纳一个连在此演习。从东西海面上很远的地方都可以看见这棵树，完全可以作为航标标注在地图上。

但我的同伴并不对这树的高大感兴趣，他们所想的是埋在这树荫下的七十万镑的财宝。他们渐渐走近，先前的恐惧早已被发财的念头打消得无影无踪，他们一个个睁圆了眼睛，脚步越来越轻快，他们全部心思都在那笔财宝上，一辈子的荣华逍遥仿佛都在那里等待他们每一个人。

西尔弗一瘸一拐地走向前去，他的鼻孔大张，不停地翕动着。当苍蝇盯在他汗涔涔、通红的脸上时，他像疯子一样大声咒骂，他凶恶地扯着把我拴在他后面的那根绳子，不时咬牙切齿地瞪着我，显然他已不耐烦掩饰自己的感情，我看得很清楚。此刻离财宝一步之遥，他把自己的诺言和大夫的警告通通抛诸脑后，我确信他希望攫取宝藏，趁黑夜找到希斯帕诺拉号，把所有财宝运上船，杀死所有知道这岛上情况的人，然后按照初衷载着罪恶和财宝扬帆远离。

有这样一些念头我自然跟不上这些寻宝者飞快的步伐。时不时地我跌倒在地，那时西尔弗就猛烈地拉动绳子并用凶气腾腾的眼光看着我。落在后面的狄克口中念念有词，夹杂着祷告和咒骂，他的体温不断上升，这也加剧了我的痛苦，我头脑里不断涌现出当年这个平地上演绎过的惨烈的情景，我仿佛看到那个无法无天的青面海盗（他后来死在萨凡纳，临死前唱着歌，要酒喝）在这里亲手杀死了六个同党。现在这如此安静的草丛当时一定回荡着一声声惨叫。想到这些，我仿佛又听到那山谷里凄厉的歌唱声。

我们已经来到了密林的边缘。

"伙计们，快跟上一起吧！"墨利大叫着。走在最前面的人开始奔跑起来。

忽然，没到十来码远，我们就看见他们停下步伐。叫声由小变大。西尔弗拄着拐杖加快脚步，像中邪似的赶上去。紧接着，他和我都停下脚步呆住了。

呈现在我们面前的是一个大坑。这个土坑不像是才挖的，因为坑壁已经塌了下去而坑底已长出了青草。土坑里有一把十字镐柄，断成了两截，还乱扔着一些货箱的木柜。在其中一块木板上，我看到用烙铁烫的"海象号"字样——这是弗林特的船名。

一眼便知，宝藏已被人发现并且劫掠一空，七十万英镑不翼而飞。

首领宝座的颠覆

没有比这更戏剧性的转折吧，那六个人仿佛都受了重创。但只有西尔弗很快恢复过来。刚才他还全力以赴像个参加赛马的骑师那样冲着金钱而去，可转眼间发现成了泡影。他很快调转了脑筋，沉住气，在别人还未意识过来之前已经改变了他的计划。

"吉姆，"他悄悄对我说，"拿着这个。以免情况有变。"

说着他把一支双筒手枪递到我手里。

同时他悄悄向西北移动，让土坑把我们俩和那五个人之间隔开几步之远。然后他望着我点点头，眼神似说："形势危险"——的确，我也这么认为。他的目光现在相当友好，我却对他这种反复无常的转变无比厌恶，不禁低声说了句："这下你又反悔啦。"

他根本没时间回答我的话。那些海盗咒骂着一个接一个跳下坑去，用手扒土，同时把木板向旁边乱扔。摩根找到一枚金币，把它捡起来恶毒地咒骂着。那是一枚价值两畿尼的金币，它在海盗们手里传来传去有十几秒钟。

"两畿尼？"墨利咆哮着把金币对着西尔弗晃了晃。"这就是你说的七十万英镑吗？你不是交易的老手吗？你这个不成事的木脑袋蠢货！"

"挖吧，孩子们，"西尔弗厚颜无耻地嘲笑他们，"兴许你们还能挖出两颗花生米来。"

"花生？"墨利尖声叫道。"听见了吗？伙计们，我告诉你们。这家伙什么都知道。你们瞧他的脸，上面写得明明白白。"

"啊，墨利，"西尔弗反驳了他一句，"又当上船长啦？你的架势不小呢，说真的。"

但这一回所有的人都站在了墨利这一边。他们开始爬出土坑，眼光都充满愤怒。我发现对我们有利的一个情况是：他们都从西尔弗对面那边爬出来。

我们这样对峙着，两个人在这边，五个人在另一边，中间隔着个土坑，双方都不敢先动手。西尔弗拄着拐杖一动不动，注视着对手，他站得笔直，我从未见他如此镇静。他的确很有胆量，这不可否认。

后来，墨利似乎想开腔来打破僵局。

"兄弟们，"他说，"他们只有两个人：一个是老瘸子，他把咱们引到这来上了这么大个当；另一个是小杂种，我早就打算把他的心挖出来。现在，兄弟们——"

他举起手臂提高嗓音，显然准备抢先发动攻击。但就在这时，只听见砰！砰！砰！——三道火光从矮树丛的滑膛枪中闪出。墨利头朝下栽进了土坑；头上缠绷带的那个海盗像陀螺似的旋下坑去，直挺挺地倒在坑里一命呜呼，但四肢还在抽动。其余三个海盗掉头没命地跑。

电光火石间，高个儿约翰的手枪对着快断气的墨利双筒齐发，墨利在临死之前还翻眼瞪着他。

"乔治，"西尔弗说，"这下咱们算是清了账。"

在这同时，李沃西大夫、葛雷和本·冈恩从肉豆蔻丛中向我们这边跑来，他们的滑膛枪还在冒烟。"追上去，"大夫喊道。"快，伙伴们！我们必须赶在他前面把小船夺过来。"

于是我们飞速前进，在齐胸高的灌木丛中奔跑。

西尔弗拼命想跟上我们。他拄着拐杖蹦跳着，快得足以把胸前的肌肉撕裂；大夫认为，这样剧烈的运动别说哪个残疾人会受得了。尽管这样，当我们到达平台坡顶时，他还在我们后面三十码左右距离，并且上气不接下气。

"大夫，"他喊道，"瞧那边！不用慌！"

我们的确不用慌张。在平台比较开阔的一部分，我们可以看到那三个逃命的海盗正朝着他们撒腿跑的方向，那是后桅山的方向。我们已经处在他们和小船之间。于是我们四人坐下来歇口气，高个儿约翰抹着脸上的汗慢慢走过来。

"实在是感谢啊，大夫。"他说。"你来得正是时候，救了我和霍金斯。""啊，本·冈恩，是你啊？"他又说，"你真是好样的。"

"是的，我是本·冈恩，"他答道，窘得像条鳗鱼似的扭捏着。"你好吗，西尔弗先生？"他过了好久也问了这么一句。"应该也很好吧。"

"本，本，"西尔弗喃喃道，"没想到你会这样啊。"

大夫让葛雷回去将反叛者逃跑时扔掉的铁镐拿了回来。**然后我们不慌不忙地走下山坡向停小船的地方走去。**一路上大夫把发生的事情简明扼要地说了一遍。这个故事引起了西尔弗莫大的兴趣，**原来一直是半白痴的本·冈恩从头至尾充当了故事的主角。**

一直在岛上孤身流浪的本·冈恩发现了那具尸骨，并把它身边的东西搜刮空。是他发现了宝藏。他把金银珠宝挖了出来（坑里留下的十字镐断柄就是他的），用自己的肩背扛着从大松树脚下运到海岛东北角双峰山上他的一个洞穴里去，往返很多趟，终于在希斯帕诺拉号抵达前两个月把所有宝藏都运到安全的地方。

在海盗们发动进攻的头天下午，大夫就从本·冈恩嘴里套出了这个秘密。第二天早晨，大夫发现锚地里的大船不见了，便去找西尔弗，把那张无用的地图给了他，同时还给了他补给品（因为本·冈恩的洞穴里贮存了大量他自己腌制的山羊肉），总之把所有的一切都给了他，以换取机会安全地从寨子向双峰山撤离，既可以避开疟疾肆虐的沼泽地，也便于看管财宝。

"至于你，吉姆，"他说，"我一直放心不下。不过，我首先应该为守着岗位的人着想。既然没能坚守，也怨不得别人啊。"

今天上午，当他发现我也被卷入那场留给反叛者的空欢喜，他赶紧跑回洞穴，留下乡绅照料船长，自己领着葛雷和本·冈恩，按着对角线斜穿全岛，朝大松树那边飞奔。但不久他们发现海盗走在了前面，于是就派了飞毛腿本·冈恩去拖住海盗。本·冈恩的点子是利用他过去同船伙伴的迷信来吓唬他们。这一招很管用，大夫和葛雷才有机会在寻宝的海盗到达之前赶到那里并埋伏下来。

"啊，"西尔弗说，"幸亏我和霍金斯在一块儿，否则，即便我被他们剁得粉碎你也不会搭救我的吧，大夫。"

"那是肯定啦。"李沃西大夫带笑着说。

这时我们已经走到停小船的地方。大夫用十字镐砸坏其中一只小船，我们其余的人登上另一只，准备从海上到北汊去。

这段路有八到九英里。尽管西尔弗已经累得半死，还和我们大家一起划桨。不一会儿，我们就划出海峡，绕过岛的东南角（四天前，我们曾拖着希斯帕诺拉号经过那里进入海峡），在平静的海面上飞快划着。

我们经过双峰山时，看到本·冈恩的洞穴口黑咕隆咚，有一个人站在旁边。那就是特里劳尼乡绅，我们向他挥着手帕致意，并且欢呼了三声，其中西尔弗叫得特别卖力。

又划了三英里，刚到北汊口的入口，我们就看到了无人驾驶随波漂流的希斯帕诺拉号。涨潮已将它冲出浅滩。如果风再大点或像南锚地那样大的潮流，我们可能再也看不到它了，或只发现触礁的残骸，一点用都没了。而现在的情况是，除了一面大帆外，其他部分并无重大损伤。我们取来另一只锚抛入一英寻半深的水中，然后坐小船回到最靠近本·冈恩洞穴的朗姆酒湾。到了那里，由葛雷独自坐小船回到希斯帕诺拉号上过夜看守。

从岸边到洞穴入口是一段很缓的斜坡。乡绅在坡顶上迎接我们。他对我很亲切和蔼，全然不提我逃跑的事，不骂也不夸。但当西尔弗恭敬地向他们行礼时，他却一下子涨红了脸。

"约翰·西尔弗，"他说，"你是个大坏蛋，大骗子——一个令人发指的大骗子。他们要我不要控诉你，好吧，我不提这事。不过，死了那么多人你难逃其咎。"

"非常感谢你，先生。"高个儿约翰说着敬了个礼。

"不准感谢我!"乡绅呵斥道，"我已经违背了自己的职责，滚一边去!"

我们都进入了洞穴。这是一个宽敞通风的好地方，有一汪清泉，旁边长着蕨草，地上全是沙。斯摩利特船长躺在一堆篝火前，远处映照的火光隐约显示出儿大堆金银铁币和架成四边形的金锭。这就是我们不远万里寻求的宝藏，已经夺走了希斯帕诺拉号上十七个人的性命。这些财宝在积累过程中有过多少血泪，多少艘大船沉入海底，多少勇敢的人被蒙住眼睛走过板子，使用过多少发炮弹，又有过多少耻辱、欺骗和残忍的行径，恐怕这些没人能讲得清楚。这个岛上还有三个人——西尔弗、老摩根和本·冈恩——曾参与这些罪行，而且他们都曾幻想从中分得各自的一份。

"过来，吉姆，"船长说。"从某种意义上来说，你是个好孩子，吉姆。但我不会再和你一起出海了。你太幸运了，那是我不能容忍的。喔，约翰·西尔弗，是你啊? 什么风把你吹来的?"

“我回来完成我的职责，先生。”西尔弗答道。

“是嘛？”船长答道，然后再也没说话。

那天晚上我和朋友吃的饭菜别提多香了！本·冈恩的腌羊肉，其他美味，还有希斯帕诺拉号上找到的一瓶陈年葡萄酒，味道真不错。我相信当时没有比我们更快活更幸福的了。西尔弗坐在远离火光的地方，但吃得很起劲，跑前跑后帮他人取拾东西，在我们开怀大笑的时候也悄悄地加入进来——总之，他又摇身变成了航海途中那个殷勤、恭敬、巴结的船行厨子。

大结局

第二天我们一大早就开始干活了。因为把这么多黄金运到岸边得在陆路走将近一英里，之后再走三英里水路才能到希斯帕诺拉号上。这对我们这么少几个人来说可是一项不可小视的任务。至今还在岛上的那三个家伙没有怎么打扰我们，只要在山上设个岗哨就足以保证我们不受任何突然袭击，而且在我们看来，他们已经尝够了厮杀的滋味。

于是工作进展得非常顺利。葛雷和本·冈恩划船来回于朗姆酒湾和希斯帕诺拉号之间，其余的人在等他们回来之前把财宝堆在岸边。两条金锭一前一后用绳子挂在肩上就够一个大人扛一趟，而且只能慢慢走。我由于搬不了东西就整天在洞穴里忙着把铸币装入面包袋。

这里收集的铸币十分奇怪，就像比尔·蓬斯的藏金一样有五花八门的铸币。然而这里的铸币价值更高，种类更多。所以我觉得再没有什么比把这些铸币分门归类更有趣的事了。其中有英国的金畿尼、双畿尼、法国的金路易、西班牙的达布鲁、葡萄牙的姆瓦多、威尼斯的塞肯；币上有最近百年间欧洲君主的头像；还有古怪的东方铸币，上面的图案像缕缕细绳又像张张蛛网；有圆的，有方的；有中间带孔的，好像可以串起来挂在脖子上，我估计世界上差不多每一种货币都在其中了。至于数量，我相信就跟秋天的落叶那么多，致使我腰弯得酸痛，手指也由于不断地整理而痛得要命。

这项工作一天又一天持续着，每天天黑之前都有一大笔财产装上船，而仍然还有一大笔等着次日装船。在这期间我们没有听到任何关于那三个反叛者的消息。

大概是第三个晚上，我和医生漫步在岛上低地的山顶上，这时，风从黑乎乎的山下带来一阵介于尖叫和歌唱之间的嗓音，传到耳边来的只是一个片段，接着又恢复了原来的沉寂。

"愿上帝保佑他们，"大夫说，"那是反叛分子!"

"他们都喝醉了，先生。"西尔弗从我们后面插了一句。

我可以说西尔弗现在享有充分的自由，尽管每天遭到冷遇，他照样自命为得到另眼相看的友好仆从。大家都鄙视他，他却安之若素，始终试图去讨好所有的人而不厌其烦，这种本领确实出类拔萃。然而我估计没有谁对待他比对待一条狗客气些，只有本·冈恩除外，因为他对昔日的舵手至今都怕得要命。此外还有我，由于某种原因我确实得感激他，尽管我可以为此比任何人更恨他，因为我曾目睹他在台地上策划新的阴谋打算把我卖掉。因此，大夫回答他的时候毫不客气。

"喝醉? 恐怕是在胡说吧?"大夫说。

"一点都不错，先生，"西尔弗连忙附和。"喝醉也罢，说胡话也罢，反正跟你我都不相干。"

"西尔弗先生，你大概未必要我把你看成是一个有心肝的人，"大夫轻蔑地说，"所以我的想法也许会使你感到惊奇，我要是能肯定他们在说胡话（我有把握说他们至少有一个人在发高烧），我一定会离开这个营地，不管我自己的身体会遇到多大的危险，也要去为他们提供我的本行所能提供的帮助。"

"请恕我直言，先生，你这样做将会犯很大错误，"西尔弗说，"你将会失去宝贵的生命，这一点你可以相信我。如今我跟你是站在一起了，我不愿看到我们的力量被削弱，别说听到你遭遇不测了，要知道你对我真是恩比天高啊。可山下那帮家伙说话是不算数的，即使他们不想食言也没用，而且他们不会相信你会讲信用。"

"这倒是真的，"大夫说，"你是个说话算数的人，这我们知道。"

关于那三个海盗，我们得到的最后信息便是这些。只有一次我们听到老远一声枪响，估计他们是在打猎。经过商议我们决定只能把他们弃置在这个岛上了。我得说这个决定得到了本·冈恩的热烈赞同和葛雷的坚决拥护。我们留下相当多的弹药，一大堆腌羊肉，一部分药品以及其他生活必需品，工具、衣服、一张多余的帆、十来英尺的绳子。在大夫的特别要求下，我们还留下了数量可观的烟草。

那是我们在岛上做的最后的事了。在这之前，我们把财宝装上了船，上足了淡水，把剩余的山羊肉也带走备荒。最后在一个晴朗的早晨，我们起锚登程，做好了能做好的一切，把船驶出北汊。船长曾把一面旗升上船顶，并在其下同敌人作战，如今，同一面旗帜飘扬在我们的上空。

不久我们就发现，那三个家伙比我们所料想的更为密切地注意着我们的动向。因为船要通过海峡，我们就得靠近南面的峡角。在那儿，我们看到了那三个人一起跪在沙尖嘴上，举着双手哀求。把他们撇在这样可悲的境地，恐怕我们每个人都于心不忍。但我们不能再冒另一次叛乱的风险了。把他们带回国送上绞架也算不上仁慈。大夫向他们喊话，告诉他们我们留下了补给品以及他们该上哪里去找。可他们继续喊着我们的名字，央求我们看在上帝的份上大发慈悲，不要让他们死在这个地方。

最后他们看见船还是一直前行而且愈走愈远，快要听不见喊声了，其中一个——我不知究竟是哪一个——便狂叫一声跳起来，举起滑膛枪就放。一颗子弹嗖的一声飞过西尔弗头顶并穿透了主帆。

这之后我们不得不躲到舷墙后面去。我又一次探头张望时，沙嘴上已不见了他们的身影，连沙嘴本身也愈来愈看不清了。那三个人的结局我知道的仅止于此。将近中午时分，藏宝岛最高的岩峰也沉到蔚蓝色的地平线下去了，这使我高兴得简直无法形容。

我们实在缺少人手，船上每个人都得出一把力，只有船长躺在船尾一张垫子上发号施令。他的伤势虽然大有好转，但还需静养。我们把船头调向西属美洲最近的一个港口，因为如不补充水手，我们返航就太冒险了。由于风向不停转换，再加上遇到两次惊涛骇浪，我们到达那个港口时都已累得筋疲力尽。

我们在一个非常美丽的陆围的海湾下锚时，太阳刚好落山。接着满是黑人、墨西哥、印第安人和混血儿的小船就包围了我们，他们纷纷向我们兜售水果、蔬菜，而且愿意表演潜水去捡你扔下的钱币。看到那么多和颜悦色的面孔（尤其是黑人），尝到热带水果的风味，特别是那照在城镇上的灯光同我们在岛上那种阴郁、血腥的气氛形成了鲜明的对比。大夫和乡绅带我上岸去准备玩一个晚上。在城里，他们遇见了一艘英国军舰的舰长，同他攀谈起来并到他们的船上去。总之我们玩得很愉快。当我们回到希斯帕诺拉号时，天都快亮了。

本·冈恩一个人待在甲板上。我们一上船他就做出奇妙的姿势向我们忏悔。西尔弗跑了。就是这个被放逐的人几个钟头以前放他坐驳船逃走的。本·冈恩要我们相信他这样做纯粹是为了保全我们的生命，要是"那个一条腿的人留在船上"，总有一天我们会死在他手里。但还不止这些，那个船厨不是空手走的。他凿穿了船舱，偷走了一袋价值三四百畿尼的金币用于他今后的漂泊生涯。

我想我们大家都为这么轻易地就摆脱了他而感到高兴。

长话短说，我们补充了几名水手，一路平安地回到英国。当希斯帕诺拉号抵达布里斯托尔时，勃兰德里先生正开始考虑组织一支后援队来接应我们。随希斯帕诺拉号出航的全体船员只有五个人归来。"其余的都做了酒和魔鬼的牺牲品"——这话完全应验了。当然我们的遭遇还没有歌中唱到的另外一条船那样悲惨：

> 七十五人随船出海，
> 只有一人活着回来。

我们每个人都分得很大一份财宝。至于这笔钱是明智地花还是愚蠢地花，那要看各人的性格而定。斯摩利特船长现已退休，不再航海了。葛雷不仅没有乱花他的钱，还在一种出人头地的强烈愿望推动下，用功钻研航海技术。现在他是一艘装备优良的大商船的合股船主兼大副。他还结了婚，已经做了父亲。至于本·冈恩分得了一千镑后，在三个星期内就花掉了或丢掉了。说得更确切些，还不到三星期，只有十九天，因为到第二十天，他回来时已变成了一个乞丐。于是他在岛上时最担心的局面出现了：乡绅给了他一份看门的差事。他至今还健在，乡下顽童非常喜欢他，虽然常常拿他开心。每逢星期天和教会的节日，教堂里唱歌总少不了他。

关于西尔弗，我们没有听到任何消息，我们总算彻底摆脱了这个可怕的海员。不过我猜想他一定找到了他的黑老婆，跟她一起（还带着弗林特船长）也许日子过得还挺舒服。我看就让他舒服几年吧，因为他到另一个世界想过好日子恐怕希望也是渺小的。

据我所知，银锭和武器至今仍在原来弗林特埋葬的地方。我当然宁愿让那些东西永远留在那里。哪怕用公牛来拖，用车绳来拉，都不能再把我带回到那个该死的岛上去了。我在最怕的噩梦里老是听到怒涛冲击海岸的轰鸣。有时我会从床上猛然跳起，而弗林特船长尖锐的叫声——"八个里亚尔！八个里亚尔！"——还在我耳朵里激荡地回响着。

（全文完）